다시 아들을 키운다면

사춘기 아들을 처음 키우는 엄마의

다시 아들을 키운다면

채수현 지음

한국경제신문*i*

프롤로그

'부모'라는 두 글자의 무게를 과연 측정할 수 있을까? 부모가 되어서야 그제야 비로소 부모의 심정을 조금이나마 알게 되고, 자식을 낳고 키워본 사람이라야 자식의 마음을 헤아릴 수가 있다. 자식이 주는 기쁨을 마음껏 누리다가도 어느새 그 자식 때문에 속상하다며 하소연하는 집의 이야기가 그리 낯설지 않다. 누구에게나 처음은 있게 마련이고, 처음은 서툴고 유연하지 못한 것이 당연하다. 하지만 부모라면 처음이어도 잘하고 싶은 것이 모순되지만 부모의 마음이다. 실수하지 않고 당당하고 훌륭하게 자식을 키우고 싶은 것이 세상 모든 부모의 바람이자 염원일지도 모른다.

원래 바람과 염원은 목표지점까지 가려면 어렵게 돌아가야 하고, 잘 도착하기가 여간 어려운 것이 아니다. 공장에서 물건을 하나 만들어서 완성품을 출시하기까지 여러 공정 과정을 거치고, 수많은 사람의 손을 거쳐서 탄생하는 것이 바로 하나의 완제품이다. 부모는 자식을 낳으면 거기서 끝나는 것이 아니다. 성인이 될 때까지 자식을 키우는 것이 부모의 역할이자 책임이다. 그 시기에는 당연히 웃을 일만 있는 것은 더더욱 아니다. 아마도 가장 힘든 때가 바로 그 유명한 '사춘기'를 겪는 시기다. 아이들은 아이들 나름대로 예민한 시기를 보내고, 부모는 부모이기에 그 시기를 함께 겪으며 울고 웃는다.

워낙 착하고 엄마 말을 잘 듣던 아들이라 사춘기는 그저 남의 집 이야기겠거니 생각했는데, 웬걸, 우리 집에도 사춘기를 겪고 있는 중학생 아들이 떡하니 대기하고 있었다. 너무나 낯선 아들의 행동과 말투 때문에 맘고생도 하고, '지금 이것이 현실인가? 아닌가?' 혼자서 혼잣말을 하면서 화를 삭인 적도 여러 번이다. 아들은 말을 해도 어쩌면 저렇게 모질게 하고, 눈도 이상하게 뜨면서 쳐다보는지, 그 못난이 아들의 얼굴을 잊을 수가 없다. 아들이 나중에 본인이 언제 그랬냐고 오리발을 내밀지도 모르겠지만 말이다.

아들의 이야기를 쓰다 보니 온통 아들을 홍보하는 이야기만 한 것 같아서 나중에 아들이 이 책의 존재를 알게 된다면 속상할지도 모르겠다. 본인의 이야기를 엄마가 세상에 다 광고하고 다니고 있다고 할까 봐 조금은 걱정도 되고, 조심스럽기도 하다. 하지만 아들이 그 당시 엄마의 마음이 어땠는지 조금은 이해해주리라 믿고 싶은 마음이다.

다른 사람들이 아들의 홍을 보면 난리가 날 텐데 나는 너무나도 아무렇지 않게 내 아들의 사춘기 행적을 사람들에게 자세히 보고하고 있는 것 같다. 주변에 사춘기 자녀를 키우는 부모들이 의외로 자녀 때문에 많이 힘들어한다는 것을 알게 되었다. 내가 느꼈던 비슷한 감정을 공유하며 사춘기 자녀를 키우는 부모들과 함께 나누고 싶은 마음이 생겼다. 다른 집 아이들의 이야기도 들어보면서 공감도 하고, '우리 집은 이만하면 양반이구나!' 하면서 위안으로 삼을지 누가 알겠는가?

자식을 키우는 데 정해진 답은 따로 없다. 내 자식을 제일 잘 알고 잘 키울 수 있는 사람은 바로 우리 아이와 함께 지지고 볶고 사는 엄마, 아빠인 부모다. 나 또한 어딘가에 있을 법한 정답을 쫓아서 가는 엄마가 되고 싶지는 않다. 내 마음대로 안 되는 것이 자식 문제라고 어른들이 말하곤 했는데, 이 또한 부모들이 앞으로 헤쳐 나가야 할 문제인 것 같다.

　나의 두 번째 책이 나올 수 있게 도와주신 '한국책쓰기강사양성협회' 김태광 대표님께 감사드리고, 이 책이 나올 수 있도록 도움을 주신 모든 분께 감사를 드린다. 그리고 원고 분량을 채울 수 있게 많은 사례를 만들어준 아들에게도 고마움을 전한다. 사춘기 아들을 키우는 대한민국의 모든 부모님을 응원합니다.

— 채수현

목차

1장

아들 키우기, 최대의 고민입니다

아들은 도대체
어떻게 키워야 할까?

자녀를 얻는다는 것은 인생 최대의 축복이자 기쁨이다. 나는 결혼 후 바로 임신했고, 아이를 출산하기 전까지 순탄한 과정을 지내왔다. 그런데 출산하던 날, 브레이크가 걸렸다. 나는 그날 저세상 사람이 될 뻔한 것이다. 분명 아기는 나왔는데 뭔가 뜨거운 액체가 흐르는 느낌이 들었고, 의사 선생님은 "잠시만요" 하더니 다시 마취를 시작했다. 그리고 다음은 아무것도 기억이 나지 않는다. 깨어나서 모든 이야기를 듣고 펑펑 눈물이 났고, 한편으로는 다행이고 감사하다는 생각밖에 들지 않았다.

나와 남편에게 전부라고 할 수 있는 아이는 그렇게 힘들게 태어났다. 놀랍게도 시아버지를 정말 많이 닮은 아들이었다. 남편은 5형제 중 막내로 태어나 후손의 성별을 가리지 않고 낳을 수 있는 서열이었지만, 후손 중에 아들이 없어서 우리 부부가 막중한 책임을 본의 아니게 지게 되었다. 막내인 남편은 아들, 딸 상관없다고 말했지만 그래도 막상 아들이 태어나니 좋아했다. 그리고 시아버지는 본인을 닮은 손자가 좋은지 계속 뚫어지게 쳐다보며 웃으셨다. 이렇게 우여곡절 끝에 우리 부부에게 예쁜 아들이 태어났다.

이리 보고 저리 봐도 어쩌면 이렇게 손도 조그맣고 발도 작은지 내 눈에는 그저 살아 있는 인형처럼 보였고, 그냥 보고만 있어도 행복했다. 울어도 예쁘고, 잠을 자도 예쁘고, 젖을 먹을 때도 예쁘고, 완전 아들 바보가 따로 없었다. 그때는 그랬다. 엄마, 아빠가 되면 처음에는 누구나 그러하듯이 말이다.

시간은 금세 흘러 아이는 점점 자라서 걸음마도 하고, 뛰기도 하고, 쫑알쫑알 말도 하기 시작했다. 어쩌면 이때가 가장 평화롭고도 행복한 때가 아닌가 싶다. 아이는 이 세상에 내 자식으로 온 이유만으로도 내게 행복을 주고, 반대로 나도 아이에게 행복을 건넨다. 아무런 조건과 이유 없이 서로 행복을 주는 그런 사이다. 하품만 해도 깔깔거리고 트림만 해도 웃고 잘했다며 칭찬하던 그 시절의 모습이 어렴풋이 기억난다.

여기까지는 너무나 행복한 이야기다. 아마 아이가 태어나서 가장 예쁜 순간은 거기까지일지도 모르겠다. 어느 집이나 그러하듯이 우리 집도 예외는 아니다. 아들과의 좌충우돌 이야기는 그 이후로 펼쳐졌다.

나는 대한민국에서 아들을 키우는 엄마다. 아들을 키워본 엄마들은 알겠지만 보통 아들은 어릴 때부터 딸보다 힘도 더 세고, 몸무게도 더 많이 나가며, 노는 것도 훨씬 더 거칠게 논다. 그래서 아들 키우는 엄마들은 한결같이 아들을 키우는 게 더 힘들다며 하소연한다.

그러면 과연, 아들은 도대체 어떻게 키워야 할까? 이것은 예나 지금이나 풀지 못한 수수께끼처럼 아들을 키우는 엄마들을 괴롭히는 질문이 되어버렸다. 사람의 혈액형은 몇 가지 타입으로 구분하지만, 사람의 성격은 천차만별이다. 심지어 혈액형별 성격을 피해가는 사람도 있다. 아들도 문자적으로만 아들이지, 얼마나 다양한 타입의 아들들이 있는지 모른다. 엄마들은 처음에 아이를 낳으면 아이를 키우기 위한 공부를 하지 않는다. 일단 낳으면 바로 정신없이 키우기부터 시작한다. 이것이 바로 문제의 시작이 된다.

만약 집에 화분을 가져왔다고 가정해보자. 화분은 물만 제때 잘 주고 햇빛을 쐬어주면 되지만, 사람을 키울 때는 물과 태양열에만 의지한 채 키울 수는 없다. 물과 햇빛만으로 아이를 잘 키울 수 있었다면 '아들은 도대체 어떻게 키워야 할까?' 하는 수수께끼 같은 질문은 아예 생기지도 않았을 것이다. 물과 햇빛 말고도 너무나 다양하고 많은 변수가 존재하기 때문에 수수께끼는 지금까지 계속되는 것이다.

일단 남자아이들은 자신이 좋아하는 것이 분명하고 명확하게 나뉜다. 또한 본인이 좋아하는 것에 대한 애착이 어마어마하다. 공룡을 사랑하는 아이, 자동차를 사랑하는 아이, 곤충을 사랑하는 아이, 동물을 사랑하는 아이, 비행기를 사랑하는 아이, 레고를 좋아하는 아이 등 자기가 좋아하는 분야가 명확하다.

공룡을 좋아하는 아이에게 크리스마스 선물로 레고를 사주었다가는 산타할아버지고 뭐고 다 던지고 지금 당장 티라노사우루스 공룡을 잡아오라고 고래고래 소리를 지를 것이 분명하다. 옆집에 줄 선물이 자기한테 왔다며 옆집 초인종을 누를지도 모른다. 이것은 내가 가정한 것이지만, 아이들은 이때 정말 자신의 호불호가 명확하다.

남자아이들은 놀 때도 잔잔하게 놀아주면 놀아준 게 아니다. 같이 뛰고 뒹굴며 땀이 나도록 잡으러 다니고 넘어지면서 놀아야 조금 재미있게 놀았다고 말한다. 당연히 엄마, 아빠의 체력이 따라줘야 아이랑 함께 놀아줄 수 있다. 그렇지 않으면 엄마, 아빠가 항상 먼저 항복을 선언하고, "오늘은 여기까지만 하자"라고 제안할 것이 뻔하다. 그 '여기까지'는 순전히 엄마, 아빠의 기준이다.

남편은 결혼을 조금 늦게 한 경우라서 아이도 당연히 남편의 또래보다 늦은 편이었다. 그래도 아빠니까 아이랑 열심히 놀아주었고, 아이의 만족도도 상당히 높은 편이었다. 어쩌다 아들이랑 한바탕 레슬링을 하고 나면 남편은 마치 복싱에서 KO패를 당한 사람처럼 쓰러져 있다. 아들은 벌써 지쳤냐며 소파에서 펄쩍펄쩍 뛰면서 또 덤비라고 소리를 치곤 했다. 이것이 바로 아들이다. 어쩌면 엄마도 레슬링과 복싱을 배워야 할지 모른다. 왜냐하면 다음은 엄마 차례니까 말이다.

어릴 때는 이렇게 몸으로 함께 뛰고 뒹굴며 놀아주면 되지만 조금 더 크면 이것도 통하지 않는다. 아들은 좀 더 컸다며 자기만의 세계로 빠져들어 엄마, 아빠는 멀리하고 친구를 더 아끼고 사랑한다. 기껏 키워놨더니 친구가 엄마, 아빠보다 더 좋다니 너무나 큰 섭섭함이 몰려온다. 물론 이것은 아이의 성장 과정에서 자연스럽게 나오는 모습이라고 하지만 이렇게 변할 줄은 몰랐다.

그렇게 다정했던 아들의 모습은 어디론가 사라지고 무뚝뚝하며 감정이 메마른 아이가 되어버렸다. 그런 아들을 볼 때면 '이 아이가 진짜 내가 낳은 아들이란 말인가!' 하는 생각이 불쑥불쑥 들곤 했다. 아들이 매정한 말이라도 하는 날은 정말 속이 부글부글 끓기도 한다. 이럴 때면 앨범 속에 넣어둔 아들의 천사 같은 모습과 핸드폰에 저장된 동영상 속 아들의 어린 시절 얼굴이 왜 이렇게 그리워지는 것인지.

사실 나도 아들을 도대체 어떻게 키워야 할지 날마다 그 해답을 찾으려 노력하고 있다. 인생에 정답은 없다고들 하는데, 아들을 키우는 것도 정답이 없는 것 같다. 옆집도 뭐 별수 있겠나 싶다. 옆집 아들은 옆집 스타일로, 아랫집 아들은 아랫집 스타일로 키우고 있을 것이다. 다른 집처럼 우리 집도 딱히 특별한 것은 없다. 다만 지금은 까칠한 아들의 눈치를 보고 비위를 맞추며 지내는 것이 불편할 따름이다.

　'아들은 아들답게 키우면 된다!'가 정답이다. 이렇게 말하고 싶은데 뭔가 다시 수수께끼를 풀어야만 할 것 같은 불길한 예감이 든다. 인류가 풀어야 할 숙제는 셀 수 없이 많지만, '아들 키우기' 역시 큰 숙제가 아닐 수 없다. 나도 정말 격하게 묻고 싶다. 아들은 도대체 어떻게 키워야 하냐고요!

엄마도, 아이도
모두 초보입니다

운전면허를 딴 지 얼마 안 된 초보 시절, 나는 정말 위험한 일을 경험한 적이 있었다. 아주 오래된 이야기지만 워낙 놀라서 지금까지 생생하게 기억에 남아 있다. 그날 나는 정말 큰일이 날 뻔했다. 그 당시 내 운전면허는 1종 보통이었고, 그 면허를 따면 1t 트럭을 운전할 수가 있었다.

친정 아빠의 차가 그 당시 1t 트럭이었고, 사건이 일어난 날은 친정 아빠가 나의 운전 연수도 시켜줄 겸 해서 대신 내가 운전을 하게 되었다. 그 당시 우리는 목포에서 광주로 가는 길이었고, 고가도로를 타고 올라가는 중이었다. 아빠는 내 뒤를 따라오고 있었다.

그때는 한참 '오토바이 폭주족'이 대유행을 하고 있을 때라 운전 중에 도로에서 자주 볼 수 있었다. 초보운전인 나는 오토바이 폭주족이 뒤에서 오는 것을 보고 불안했지만, '별일이야 있겠어?' 생각하며 조심히 운전했다. 그런데 폭주족은 헬멧을 돌리면서 내 옆으로 왔고, 차 옆면의 백미러를 세게 치고는 함성을 지르며 무리 지어서 쌩하고 지나갔다. 당연히 백미러는 날아가버렸고, 그 순간 너무 놀랐지만 '괜찮아, 정신 차리자' 하며 앞만 보고 운전했다. 원래 초보들의 특징은 앞만 보고 간다는 것이다. 나는 너무 무서워서 감히 쫓아갈 수도 없었다. 나는 겨우 무사히 목적지에 도착했고, 차에서 내리자마자 다리가 후들거렸다.

그런데 내가 초보라는 사실을 어떻게 알았는지 궁금했다. 그때 그 사건은 지금도 나에게 미스터리로 남아 있다. 다른 차들도 고가도로로 다 지나가고 있었는데 왜 나한테만 그랬을까?

사람들은 대부분 자신이 초보라는 사실을 모르고 초보가 아닌 것처럼 살아간다. 아니면 초보라는 것을 들키고 싶지 않을 수도 있다. 여자들은 결혼 후 아이를 낳으면 자동으로 엄마가 된다. 그리고 사람들은 엄마가 되었다고 축하해준다. 아무도 초보 엄마라고 부르는 사람은 없다. 그래서 엄마들은 본인이 초보라는 사실을 모른다. 아이만 낳으면 무조건 엄마라고 불러주니까 말이다.

무식한 사람이 신념을 가지고 무슨 일을 하게 되는 것처럼 무서운 일은 없다고 한다. 왜냐하면 오로지 자신의 무식한 신념만이 옳다고 주장하기 때문이다. 하지만 그러면 본인도 위험해지고, 주변 사람들까지도 너무 피곤해진다. 초보 엄마가 신념을 가지고 아이를 키울 때 그 아이는 얼마나 힘든 시간을 보내야 하는지 우리 초보 엄마들은 모르고 있다. 나도 마찬가지였다. 어디서 주워들은 엉터리 정보가 최고의 방법인 줄 알고 아이에게 강요했다.

아기 기저귀를 사려고 여기저기서 검색해보다가 빨아서 쓰는 기저귀를 알게 되었다. 인터넷에서는 아기한테 제일 좋다며 온갖 좋은 말들로 나를 유혹했고, 나는 빠르게 기저귀를 주문했다. 신기하게도 이럴 때만 빠르다. 기저귀는 아주 빠르게 도착했고, 그날부터 나는 기저귀와의 전쟁을 시작했다.

기저귀는 양도 많았지만 그것을 전부 빨아서 정리하는 것도 쉬운 일이 아니었다. 기저귀를 아이 몸에 맞게 고정하는 것도 힘들어서 기저귀가 자꾸 흘러내렸다. 기저귀 때문에 나도, 아기도 힘든 시간을 보내야 했다. 초보 엄마인 내가 아기에게 너무나 힘든 시련을 주고야 만 것이다. 아기는 아무런 죄가 없다. 아기는 초보 엄마가 채워준 기저귀에 그냥 볼일을 봤을 뿐이다. 결국 그 기저귀는 우리 집 걸레가 되고 말았고, 친정 엄마에게도 기저귀 걸레를 나눠주며 인심만 쓰게 되었다. 초보 엄마의 실수는 이렇게 시작되었다.

아이가 어린이집에 다닐 때는 준비물을 잘 챙겨주지 못해서 초보 엄마 티를 내야 했고, 초등학교에 다닐 때도 초보 엄마의 모습은 여전했다. 중학생 학부모인 나는 지금도 아이와 어떻게 잘 지내야 하는지 그 방법을 몰라 날마다 고군분투하고 있는 초보 엄마다. 나도 뭐든지 잘하는 베테랑 엄마 소리를 들어보고 싶다. 그날이 올지 모르겠지만 말이다.

아기는 울면서 세상에 태어난다. 무조건 울기만 하면 달래도 주고, 먹을 것도 주고, 노래도 불러준다. '울기만 하면 다 되는구나' 하고 생각하며 아기는 본인의 욕구를 채우기 시작한다. 그런데 언제부턴가 이제 울면 혼이 나기 시작하고, '운다고 해서 해결되는 것이 아니구나'라는 것을 알게 된다.

아이들도 엄마와 마찬가지로 초보부터 시작한다. 태어나 보니 여긴 한국이고, 첫째로 태어났고, 태어나 보니 아들이다. 이것은 바로 우리 아들의 이야기다. 모든 것이 다 새롭고 처음 해보는 것인데 잘할 수 없는 것이 어쩌면 당연하다. 태어나자마자 달리는 아기를 본 사람은 아무도 없다. 누워서 눈만 깜박깜박하고 있다가 뒤집고, 잡고 일어서며, 아장아장 걷다가 달리는 것이 과정이고 성장이다.

아이가 이제 걷는다고 해서 완벽한 존재가 된 것은 아니다. 아이는 이제 겨우 걷고 있을 뿐이다. 또 아이가 말을 한다고 해서 말을 잘한다고 할 수도 없다. 그냥 이제 "맘마! 맘마!" 하고 말을 조금 할 수 있을 뿐이다.

아이가 어린이집에 가기 전 제일 중요한 것은 기저귀를 떼는 것이다. 나는 '기저귀를 떼고 나서 어린이집에 가는 것이 맞다'라고 생각하는 사람 중 한 명이었다. 아이도, 선생님도 서로가 힘들 것이라는 것을 알기 때문에, 나는 기저귀를 떼고 나서 아이를 보냈다. 하지만 기저귀를 떼었다고 다 되는 것은 아니었다. 아이가 실수하지 말라는 법은 없었다. 늘 여벌 옷을 챙겨서 보내야 했고, 이불도 추가로 더 보내기도 했다.

기저귀를 떼었다고는 하지만 아이는 잠을 자면서도 이불 위에 지도를 그리기도 했고, 소변을 참지 못해 바지에 실수하는 돌발상황도 발생했다. 이런 과정을 거치면서 아이도, 엄마도 초보 시절을 거쳐간다. 본인의 오줌 싼 이야기를 하면 언제 자기가 그랬냐며 시치미를 떼겠지만, 이불 위의 지도는 조금 과장해서 우리나라 지도가 확실했다. 그때 만약 세계지도를 그렸다면 큰 인물이 되었을지도….

'너도 초보고 나도 초보'다. 그 말이 딱 맞다. 초보자가 초보자에게 무언가를 알려준다면 얼마나 알려줄 수 있을까? 아마도 딱 초보만큼 알려줄 것이다. 1살짜리 아이를 키우는 엄마는 1살짜리 엄마다. 초등학교 1학년 아이를 키우는 엄마는 초등학교 1학년짜리 엄마일 뿐이다. 아직 중학생 자녀가 없다면 중학생을 둔 엄마의 세계를 초등학생 엄마는 알 수가 없다. 소문만 무성할 뿐이다.

지금도 나에게는 초보 엄마라는 꼬리표가 따라다닌다. 아직도 갈 길이 멀다. 고등학생이 없는 우리 집은 고등학생을 둔 엄마의 마음을 잘 모른다. 대학생이 있는 집의 이야기도 소문으로만 들었지, 아직은 겪어보지 않아서 알 수가 없다. 이러다가 영원히 초보 엄마로 남는 것은 아닌지 모르겠다. 시간이 지나면 알게 되겠지만, 엄마도 아이도 빨리 초보운전 표지판을 떼고 달리면 좋겠다.

화내고 후회하는
엄마가 되지 마라

　　자녀를 키울 때 화를 내지 않고 키우는 부모가 과연 얼마나 있을까? 우리가 흔히 극한의 상황에서도 화를 내지 않는 사람을 '보살'이라고 웃으며 말하기도 한다. 설마 화를 낼 줄 몰라서 화를 내지 않는다고 생각하는 사람은 없을 것이다. 철학자 톨스토이(Leo Tolstoy)는 "모욕을 받고 이내 발칵 하는 인간은 강도 아닌 조그마한 웅덩이에 불과하다"라고 말한다. 아마도 작은 웅덩이가 되고 싶은 사람은 한 명도 없을 것이다. 하지만 우리는 주변에 항상 웅덩이가 되어버리는 사람들을 쉽게 볼 수 있다.

　　사람은 상대방과 나의 의견이 서로 대립하거나, 나의 의견이 무시되었다고 생각할 때 화를 내게 된다. 화를 내서 문제가 잘 해결되면 좋겠지만 화를 내면 그 결과가 항상 별로 좋지 못하다. 부모와 자식 사이에서도 화를 내고 문제가 좋게 풀리는 경우는 거의 없다. 오히려 더 악화될 뿐이다. 너무 화가 날 때에도 시간이 조금 흐르고 나서 다시 그 상황을 생각해보면, 그렇게 화낼 일도 아니었다며 후회하게 된다. 우리는 아주 사소한 말 한마디에도 서로 얼굴을 붉히고 성난 호랑이처럼 서로 으르렁거린다.

아이가 어릴 때만 해도 엄마 말을 잘 듣고 착하게 자라는 것처럼 보이지만, 초등학교 고학년이 되면서부터 슬슬 큰소리가 나기 시작한다. 아이들은 점점 삐딱하게 행동하기도 하고, 부모와의 약속을 어기기도 한다. 바로 여기서부터 문제는 발생한다. 약속은 지키는 것이라고 가르쳤건만 어느 순간 아이는 그 약속을 깨버린다. 그래서 부모 역시 참지 못하고 화를 내게 된다. 이때가 바로 우리가 웅덩이가 되는 순간이다.

타인은 냉정하게 판단하면서 오히려 나 자신에게는 관대하게 대하는 것이 솔직한 우리의 모습이다. 이웃집 엄마의 소문을 듣고 어떻게 자식에게 그렇게 심하게 할 수 있냐며 놀라지만, 정작 본인도 비슷한 경험이 있을지 모른다. 완전히 똑같지는 않겠지만 나도 모르게 내 아이에게 화냈던 일은 어느 집이나 있을 수 있는 일이다. 내가 아는 지인은 아이와 핸드폰을 가지고 티격태격하다 결국 핸드폰을 발로 밟아 깨버린 일이 있었다. 아이에게 몇 번의 경고와 주의를 했지만 아이는 말을 듣지 않았고, 예상대로 결국 핸드폰은 박살이 나고 말았다. 아이는 "친구들과 연락하기로 했는데 이렇게 핸드폰을 망가트리면 어떻게 하냐?"며 소리 지르고 울며 야단이 났다고 했다. 그것은 당연한 결말이었다.

　아이가 핸드폰이 없으니 엄마는 날마다 아이와 연락하지 못해 답답해했고, 2주 후에 다시 핸드폰을 새로 사주게 되었다. 엄마가 화가 나서 한 행동으로 인해 아이는 새 핸드폰이 생겼고, 엄마는 쓰지 않아도 될 돈을 쓰게 되었다. 결국 그 엄마는 자기가 그때 왜 그랬는지 모르겠다며 후회하고 있었다. 핸드폰은 절대로 밟으면 안 된다면서 말이다.

　'가는 말이 고와야 오는 말이 곱다'라는 속담을 알고 있을 것이다. 당연히 부모와 자식 사이에도 오고 가는 말이 고와야 한다. 그런데 곱지 않은 말은 언제나 튀어나오려고 준비하고 있다. "너는 도대체 누굴 닮아서 이렇게 말을 안 듣냐?"라며 아이를 혼내기도 하고, "공부나 잘하면서 그런 말 하면 또 몰라!"라며 아이의 마음에 상처를 입힌다. 이 말이 아이에게 상처라는 것을 미처 생각하지 않고, 엄마는 자신의 감정을 기관총 쏘듯이 뱉어버리고 만다. 그 말을 들은 아이는 이제 어떻게 말할지 뻔하다. 아이는 다시 엄마에게 기관총을 쏘고 두 사람은 엄청난 상처를 입고 만다.

　누굴 닮긴 누굴 닮았겠는가? 엄마 아니면 아빠 둘 중 한 명이지, 뻔한 것을 엄마는 꼭 묻는다. 그 말은 바로 아이가 아빠를 닮아서 그런 거라고 말을 하고 싶어서일지도 모르겠다. 불리하면 엄마들은 꼭 아빠를 끌어들인다. 아빠를 닮아서 그런 거라고. 나는 되도록 아이에게 화를 내지 않으려고 노력하는 편이지만, 나도 사람인지라 화가 나면 아이에게 화를 내고 만다. 이것이 바로 부모인 우리가 가장 흔하게 저지르는 실수다.

부모는 아이의 아주 작은 사소한 실수에도 화를 내고, 아이를 협박하기도 하고 때리기도 한다. 내가 어릴 때는 아이가 말을 안 들으면 맨날 이렇게 말하곤 했다. "말 안 들으면 호랑이가 잡으러 온다"라고 하거나, "경찰 아저씨가 잡으러 온다"라며 협박 아닌 협박을 하기도 했다. 아이는 무서운 마음에 바르게 앉는다든지 떠들지 않고 얌전하게 행동하기도 한다. 호랑이와 경찰 아저씨는 이렇게 가끔 우리를 도와준다. 그런데 이러한 상황은 항상 비슷하게 반복된다는 것이 문제다.

어느 집이나 방을 치우지 않는 아이에게 처음에는 좋은 말투로 청소하라고 말을 한다. 하지만 아이는 알았다고 대답만 하고 방은 치워지지 않은 채 그대로다. 답답한 엄마는 결국 목소리가 커지고 약속을 지키지 않는 아이를 혼내게 된다. 그리고는 "방을 치우지 않았으니까 앞으로는 게임 시간을 줄일 거야" 하며 벌을 내린다. 그러면 아들의 방에서 들려오는 대답은 바로 이것이다. "알았다고, 치우면 되잖아! 치운다고!" 엄마는 아이의 대답에 맞장구치면서 이렇게 말하곤 힌다. "너는 맨날 말은 잘해!", "이렇게 엄마 피곤히게 할

래?", "다른 집 애들은 안 그런다는데 너는 왜 이렇게 말을 안 듣는 거야?", "바로바로 할 수 없어?" "너 때문에 없는 병도 생기겠다고!", "못살아, 정말!"

단순히 아이가 방을 치우지 않았다고 해서 엄마가 이렇게 꾸중하고 짜증을 내는 것은 아니다. 아이와 쌓여 있는 감정이 자신도 모르게 튀어나와서 아이를 비판하고 비난하는 말을 하게 되는 것이다. 다시 주워 담을 수 없는 후회할 말을 하고는 엄마는 또다시 후회하게 된다. 일단 엄마는 본인이 하고 싶은 말은 했으니까 후련하기는 하겠지만, 아이가 엄마의 비난 섞인 말투 때문에 상처받았을 거라고는 생각하지 못한다. 엄마는 이렇게 말하면 아이가 다음부터는 자기 방 청소를 잘하겠지 하고 생각했겠지만, 이야기의 결말은 꼭 그렇지 않다. 아이는 마음에 상처를 입은 채 당연히 방 청소도 하지 않을 것이다.

엄마가 쏟아내는 부정적인 말들은 아이들을 더 자극하게 만드는 원인이 되기도 한다. 엄마가 소리를 지르고 화를 내는 것은 아이들의 행동을 개선하는 데 별다른 영향을 주지 못한다. 오히려 아이는 더욱 자신감이 떨어지고, 자신이 엄마 말을 안 듣는 못된 아이고, 나는 사랑받지 못하는 사람이라고 생각할 수도 있기 때문이다. 엄마의 생각과는 전혀 다른 방향으로 흘러가게 된다.

엄마의 말에 상처를 받은 아이들은 성격도 소극적으로 변해간다. 그리고 또 그런 아이는 엄마의 말투와 모습을 닮아 그대로 따라 하기도 한다. 아이들은 자신이 보고 배운 것을 그대로 따라 하는 경향이 있기 때문이다. 어린 시절, 아이의 주변 환경과 부모의 모습은 아이가 커서 성인이 되어도 많은 영향을 준다. 불우한 어린 시절을 보낸 아이는 자라면서 그 내면의 아픔을 성인이 되어서 드러내기도 한다. 따뜻하게 대하면 말을 안 듣고, 큰소리를 내면 서로 힘들다. 그래도 우리는 화내고 후회하는 엄마가 되지 않도록 노력하자.

강하게 말해도
안 통하는 아들

우리가 어렸을 때와 요즘의 아이들은 완전히 다르다. 그래서 요즘은 아이를 키우는 것이 점점 더 힘들다고 말하기도 한다. 예전에는 부모의 체벌이 무서워 아이들이 말을 잘 듣기도 했지만, 지금은 많이 다른 모습이다. 요즘 부모들은 아이들을 때리거나 공포감을 심어주려고 혼을 내지는 않는다. 그래서 더 어려운 것이 자녀 교육이다.

어릴 때, 오빠와 남동생은 오락실에 다시는 가지 않겠다고 부모님과 약속을 했다. 하지만 너무나 재미있는 오락실을 단번에 끊고 안 간다는 것이 어린 초등학생에겐 정말 어려운 일이었다. 오락실은 요즘으로 치면 'PC방' 정도로 생각하면 된다. 어른들도 무언가를 끊으려고 시도해본 사람은 그 마음을 알 것이다. 굉장히 정말 어려운 일이다. 그런데 초등학생 어린아이는 오죽하겠는가? 재미있으면 계속하고 싶은 것이 아이의 본능이기 때문이다.

부모님은 오빠와 남동생이 또 오락실에 간 것을 알게 되었고, 두 사람은 아빠에게 매도 맞고 혼이 났다. 그때 나는 두 사람을 따라가지 않은 것이 얼마나 다행인지 모른다고 생각했다. 혼이 난 오빠와 동생은 울면서 다시는 안 갈 것처럼 하더니 나중에 몰래 또 갔다. 그렇게 혼이 나고도 몰래 또 가는 오락실은 정말 중독성이 강한 놀이터였나 보다. 나는 오빠와 동생의 비밀을 알고 있었지만, 내가 무덤까지 가지고 가야지 하며 덮어버렸다. 매를 들면 말을 듣는다고 생각하는 어른들도 하수지만, 매를 들어도 말을 안 듣는 아이는 정말 힘들다.

사실 나는 지금까지 아들을 키우면서 매를 들어본 적이 없다. 심지어 등짝도 한 번 때린 적이 없다. 마치 내 자랑 같기도 하고 아닌 것 같기도 하지만, 아무튼 나는 체벌이 좋은 방법이라고 생각하지 않는다. 하지만 너무 버릇없이 말하고 대들 때는 등짝이라도 한 대 때리고 싶은 마음도 든다.

아들이 초등학생 때의 일이었다. 항상 엄마, 아빠 말을 잘 듣는 착한 아이였는데, 갑자기 돌변하는 시기가 찾아왔다. 그 시기는 우리 아들도 별수가 없었다. 무슨 말을 하면 못마땅한 표정으로 방문을 '쾅' 하고 닫고 혼자서 소리를 질렀다. 나는 정말 이 아이가 화가 난 사람처럼 연기하는 것처럼 보였다. 아이는 아무것도 아닌 일에 이유도 알 수 없는 분노를 뿜어내고 있었다.

방문을 열어보려고 해보니 방문은 굳게 잠겨 있었고, 계속 소리를 지르고 혼잣말을 중얼거렸다. 마치 영화에서나 볼 법한 장면이었고, 나는 잠겨 있는 문고리만 몇 번 돌리다 혼자서 화를 삭이곤 했었다. '못된 악당들이 내 아들에게 주문을 걸어 이렇게 행동하게 만드는 것은 아닐까?' 말도 안 되지만 아무리 생각해도 이유는 그것밖에 없다는 생각이 들었다. 큰소리로 아들에게 왜 그렇게 행동하냐며 혼을 내보기도 했지만, 그 뒤로도 이런 일은 계속 반복되었다. 아들이 말을 들어야 하는데 듣지도 않으니 괜히 내 입만 아프고, 내 기분만 상하는 일이 반복되었다.

아들은 밥을 먹을 때도 못된 악당들에게 주문이 걸린 아이처럼 행동하기 시작했다. 엄마인 나를 큰소리 나오게 하는 못된 사람으로 만들었다. 밥이랑 국이랑 따뜻할 때 빨리 먹으라고 했더니 본인은 지금 밥을 먹을 수 없는 상황이란다. 좀 생뚱맞지만 나는 식은 밥과 국을 싫어한다. 그리고 국과 밥은 뜨거울 때 먹어야 맛있다고 말하는 사람 중 하나다. 엄마 성격을 알면서 자꾸 지금은 밥을 먹을 수 없는 상황이라니 부글부글 끓기 시작했다. 몇 번을 다시 부르고 기다리다 결국 밥통에 밥을 다시 넣고 국도 냄비에 부어 버렸다. 한참 후에 아들은 아무런 일도 없다는 듯이 배고프다며 밥을 달라고 했고, 나는 다시 밥을 차려주었다. 그냥 직접 차려 먹으라고 하면 될 텐데, 또 뭐가 이쁘다고 밥을 차리고 있는지 나도 내가 답답했다.

자식을 키운다는 것은 이렇듯 속이 까맣게 타들어가는 일이다. 엄마 말을 듣지 않으면 재미있다고 생각하는 것인지, 아니면 엄마 말은 잘 듣지 않아도 된다고 생각하는 것인지, 정말 아들의 머릿속이 궁금하다. 대부분의 부모가 아이에게 잔소리하는 것은 아이가 미워서가 아니라 사랑하기 때문이다. 나 역시도 마찬가지다. 바르게 잘 자랐으면 하는 마음에 하는 말인데 핏대를 세우고 대드는 모습을 볼 때면 아들이 너무 낯설고 속상하다. 나도 모르게 꼰대 엄마가 되어 아이를 힘들게 만들고 있는 것은 아닐까?

하지만 무조건 강한 어조로 아이에게 말하는 것도 올바른 부모의 모습은 아니다. 너무 세게 힘을 주면 단단한 막대기도 부러진다. 아이의 변해버린 모습에 당황하고 놀란 부모의 마음은 충분히 이해하지만, 무조건 강하게 말한다고 해서 되는 것도 아니었다.

TV에서 한 연예인이 자신의 학창 시절, 엄마의 속을 썩이던 이야기를 한 것이 기억이 난다. 고등학생 시절, 그는 나쁜 친구들과 어울리고 오토바이까지 타게 되었다고 했다. 아빠도 없이 혼자 아들을 키우는 엄마의 마음도 모르고, 그 연예인은 당시 탈선하며 자꾸만 비뚤어져 갔다고 했다. 하지만 엄마는 아들에게 오토바이는 타도 되지만, 제발 앞바퀴만은 들지 말고 타라고 했다고 한다. 얼마나 속상한 일이 많았을지 이해가 간다. 남의 집 이야기라서 그냥 웃지만 얼마나 엄마의 마음이 속상했을지 가늠이 된다.

내가 낳았지만 내 마음대로 할 수 없는 것이 바로 자식이다. 이렇게 말해도 소용없고 저렇게 말해도 소용없을 때는 정말 난감하고 속상하기만 하다. 아이들도 물론 자신들의 의견과 생각이 있을 테지만, 무조건 반항하고 저항하는 모습은 부모와 자식 사이에 보이지 않는 서운함을 만드는 행동이다. 이렇게 이유를 알 수 없는 아이의 저항과 반항은 날마다 크고 작은 다툼을 만들어낸다.

고대 이집트 벽화에는 "요즘 애들은 버릇이 없다"라고 써져 있다고 한다. 아주 오래전에도 아이들은 키우기 어려운 존재였나 보다. 강하게 말하면 더 강하게 저항하고 더 비뚤어지게 말하는 아들을 볼 때면 '진작에 부모 공부를 더 열심히 할걸…' 하는 생각이 들었다. 한편으로는 내가 아이의 언어를 이해하지 못해서 생기는 문제인가 하는 생각에 머리가 복잡하기만 하다.

아들을 한 번도 때린 적이 없는 나는 그래도 괜찮은 엄마라고 생각했다. 하지만 사실 나는 매만 안 들었다 뿐이지, 내 눈빛과 말투는 이미 아이를 여러 번 때렸을지도 모른다. 보이는 것보다 보이지 않는 것이 더 무서운 법인데 말이다. 아들은 이런 엄마의 모습을 보고 나서 더 거세게 저항한 것일지도 모른다. 엄마의 눈에서 쏘아대는 레이저와 날카로운 말투가 아마도 매보다 더 무서운 무기로 느껴졌을 것이다.

중2가
무슨 벼슬이라고?

대한민국에서 제일 무서운 중2가 우리 집에 살고 있다. 예전에 한 유튜브 영상에서 부모교육 전문가가 나와서 중2에 관해서 한 말이 있다. "북한이 우리나라를 쳐들어오지 못하는 이유는 바로 중2가 있기 때문"이란다. 웃음이 절로 나오는 센스 있는 이야기였다.

믿거나 말거나 북한도 무서워하는 중2 아들과 함께 사는 우리 부부는 날마다 눈칫밥을 먹고 지내고 있다. 사실 우리 부부도 우리나라 중2에 대한 명성을 익히 들어온 터라 아들이 중1 때부터 마음의 준비는 하고 있었다. 그래서 남들은 새해가 온다고 좋아했지만, 우리 부부는 그렇게 기쁘지만은 않았다. 왜냐하면 아들이 어떻게 돌변할지 알 수가 없으니까 말이다. 헐크로 변할지, 아이언맨으로 변할지 알 수 없기에 일단 최대한 긴장을 하고 있었다.

네이버 지식백과에 사춘기는 이렇게 정의되어 있다.

"사춘기는 질풍노도의 시기이며 이 시기의 아이들은 부모 및 사회와 거친 마찰을 일으키고 비윤리적인 행동, 난폭한 언행을 하는 것이 당연하다는 시각이 있다. 사춘기는 청소년들이 아동기를 벗어나면서 큰 변화를 겪는 시기다. 인지적으로는 타인의 입장을 고려할 수 있게 되며 자기중심적인 생각에 빠지기도 한다."

더 길고 자세하게 설명이 되어 있었지만 너무나 무서워서 더 읽고 싶지 않았다. 우리가 학교에 다닐 때는 '중2병'과 '사춘기'를 겪지 않고 넘어간 것 같은데, 과연 우리 아들은 어떻게 지낼지 궁금하다는 이야기를 남편과 자주 하곤 했다. 시대가 많이 바뀌었고 요즘 아이들의 감성 세계는 우리 때와는 달라서 예측이 쉽지 않을 것 같다. 우리 때만 해도 '중2병'이나 '사춘기'라고 말했다가는 등짝에 스매싱이 날아왔을지도 모르겠다는 생각이 들었다. 그래서 옛날 어른들은 그런 말을 할 시간에 공부나 더 하라고 하기도 했다.

사실 내가 학교 다닐 때는 학교에서 선생님에게 매 맞는 일이 당연했고, 조금 억울하게 매를 맞는 일도 비일비재했다. 내가 안 떠들어도 우리 반 아이 중에서 누가 떠들면 그것 때문에 반 전체가 다 맞았다. 그때는 중2고 뭐고 따로 없었던 것 같다. 부모님께 학교에서 맞았다고 하면 우리가 잘못한 게 있으니까 맞았다며 오히려 선생님 편이었다. 지금은 상상도 못 하겠지만 그때는 그랬다.

중학생이 된 아들의 주특기는 방문을 닫는 것이었다. 우리 집만 그런 것은 아니겠지만 아들의 방문 닫기는 사실 초등학교 고학년 때부터 시작된 일이었다. 방문을 닫고 난 후 비밀리에 무슨 엄청난 연구나 발명을 하는 것도 아니면서 왜 자꾸 문을 닫는지 모르겠다. 가끔 방문이 살짝만 열어져 있어도 언제 닫았는지 금방 닫히고 만다. 빠르다. 빨라. 달리기 선수가 따로 없다.

아들은 요새 무슨 질문을 하면 대답이 항상 짧고 귀찮은 표정을 지으며, 아예 대화를 단절하려고 하는 것이 느껴진다. 그리고 학교와 학원 이외에는 밖에 나가는 것을 대놓고 싫어 한다. '중2병'이 확실했다. 집 근처 가까이에 있는 할머니 집에도 가지 않으려고 하고, 할머니와 같이 밥을 먹자고 하면 집에서 혼자 먹겠다고 고집을 피우기도 했다. 아들이 좋아하는 고기를 먹는다고 해도 꿈쩍하지 않았고, 집에서 그냥 김치찌개랑 밥만 있으면 된다며 가기 싫다고 웃으면서 말했다. 평소에는 잘 웃지도 않고 친구들하고 게임할 때만 웃음소리가 들리는데, 갑자기 웃음 연기를 하는 아들이 정말 어색했다.

그리고 기가 막혔다. 친구들과 하기로 한 게임 약속 때문에 가족 모임에 갈 수 없다니! '중2병'에 단단히 걸린 것이 확실했다. 친구랑 같이 살 것도 아닌데, 그렇게 친구와의 약속을 목숨처럼 지키는 아들이 못마땅했다. 그런데 문제는 이런 일이 자주 일어난다는 데 있었다.

집에 돌아와 보니 아주 처량하게 컴퓨터 키보드 옆에다가 밥과 찌개를 놓고 먹고 있었다. 아들은 고기 남은 거 혹시 안 가지고 왔냐고 물었다. 아까 내가 가자고 할 때는 안 가더니 갑자기 고기는 안 싸왔냐고 물어보다니… 이 중2 아들을 어쩌면 좋을까? 아들아, 챙길 때 잘 따라오거라!

아들은 내가 무슨 말만 하면 한숨을 푸욱 쉬면서 "아이구, 아이구~" 하면서 그러면 안 된다고 하는데, 뭐가 안 된다는 것인지 알 수가 없었다. 그리고 내가 말하다가 무슨 단어를 잘못 말하기라도 하면 무슨 큰 잘못을 한 것처럼 내 실수를 지적하고 못마땅해했다. 또 본인이 질문을 했는데 내가 잘못 알아듣고 다시 말해달라고 하면 "됐어, 됐어" 하고는 방으로 들어가버리는데 화가 나지 않을 엄마가 얼마나 있을까? 아오, 중한 병에 걸린 환자니까 내가 참자! 내가 참아! 암, 내가 참고말고.

일단 진정하고 다시 중2 아들의 이야기를 이어서 해야겠다. 아들은 머리 자르는 것을 너무 싫어해 내가 잔소리를 100번 정도는 해야지, 미용실에 간다. 한번은 머리를 이상하게 잘라서 밖에 나가기 싫다며 짜증을 부리는 것이었다. "내가 봤을 때는 괜찮은데 왜 그러냐?"라고 했더니 "엄마 머리 아니라고 그렇게 쉽게 말하냐"며 괜히 나한테 성질을 내는 것이었다. 이것은 마치 다른 사람한테 뺨 맞고 와서 나한테 화풀이를 하는 것과 다를 바가 없었다. 그리고 2절은 왜 그 미용실에 가서 자르라고 했냐며 온갖 짜증을 나한테 내는 것이었다. 아오, 참을 인(忍), 참을 인(忍). 네 머리 괜찮다고!

손톱은 또 얼마나 오랫동안 안 자르는지 좀 심하게 말하면 귀신 손톱과 흡사할 정도의 무기를 장착하고 다니고 있었다. 아들은 이 정도가 뭐가 긴 것이냐며 아무렇지도 않다고 손톱 자르는 것을 미루었다. 자꾸 쓰다 보니 내 자식 흉을 보는 것 같은데 나도 말 좀 해야겠다. 발톱도 마찬가지로 잔소리를 해야만 자르는 흉내를 냈다. 한번은 내가 아들 손톱을 잘라준다고 했다가 엄청 혼이 났다. 아들은 내가 손톱을 자르다가 본인 살점을 자르려 한다면서 왜 이렇게 아프게 자르냐며, 다시는 엄마한테 자신의 손톱을 맡기지 않을 거라고 했다. 나는 너무 억울했다. 내가 왜 우리 아들 살점을 자르겠는가? 아들은 말도 안 되는 소리를 했다. 그 이후로 나는 아들의 손톱을 보면 싸우게 될 것 같아서 되도록 보지 않으려고 한다.

아들에게 중2병에 대해서 아냐고 물어봤더니 본인은 아니라고 한다. 아니, 이게 무슨 황당한 시츄에이션인가? "그러면 너희 반에는 혹시 중2병 걸린 애들 없어?" 하고 물어봤더니 "있겠어?" 하고 되묻는 것이었다. 아들은 자기 자신도 지키고, 친구들도 지켜주는 의리가 충만한 중2였다. 환자가 자신은 환자가 아니라고 한다. 자기들끼리는 엄마한테 하는 것처럼 하지 않을 테니 서로의 모습을 모르고 있는 것뿐이다.

중2와 함께 살아가는 하루하루는 아이의 심기를 살펴야 하는 일의 반복이다. 마치 궁궐에서 왕자님을 보필하는 신하의 모습이 생각난다. 발을 동동거리며 걷고, 조심조심해서 말과 행동을 하며, 말 한마디라도 잘못하면 돌이킬 수 없는 상황에 직면한다. 그만큼 말할 때마다 눈치를 살피는 내 모습이 신하처럼 느껴진다. 아들에게 소리도 지르고 욱해 보기도 하지만, 결국 엄마들은 신하가 가는 '귀향' 대신 '대화 단절'이라는 커다란 벌에 처해지기도 한다.

사춘기가
너무 무서워요

아이에게 거칠고 예의 없는 행동과 말투가 나타나면, 부모는 이제 아이에게 사춘기가 왔다고 짐작한다. 부모는 점점 아이의 눈치를 보기 시작한다. 그리고 아이가 화를 내고 정색해도 아이의 행동을 어느 정도 이해하고 받아들여 준다. 사춘기 때는 해도 되는 정당 행위로 부모가 적당히 관대하게 받아주기 때문이다. 이러한 사춘기 아이들을 키우는 부모는 늘 불안하고 언제 또 한판 붙을지 걱정스럽기만 하다.

누가 사춘기를 가르쳐준 것도 아닌데 아이들은 비슷한 행동과 말투를 하고 부모와 전쟁 아닌 전쟁을 선포한다. 그것도 너무나 일방적인 전쟁을 하려고 하니 더 어렵다. '아이의 예민하고 불편한 심기를 건드려서 좋은 것은 없겠다' 하는 마음에 넘어가자니 그것도 쉽지 않다. 공부는 배워야 아는데 이 사춘기는 가르쳐주지도 않았는데 왜 이렇게 잘 아는 것일까? 타고난 사춘기 천재들이다.

사춘기 아들의 방은 늘 물건들이 어지럽게 제자리를 찾지 못했고, 밥을 먹을 때도 핸드폰과 함께였다. 친척들이 함께 모여 있어도 혼자서 방에서 나오지 않고, 친척들이 갈 때 겨우 나와서 인사만 딸랑 하고 만다. 이 모든 행동 하나하나가 마음에 들지 않지만, 지금 이 터널만 지나면 평화가 오리라 하는 마음으로 참기의 달인 엄마로 지내고 있다.

한번은 밥을 먹을 때 핸드폰 때문에 아들과 작은 소란이 있었다. 평소 밥을 느리게 천천히 먹는 아들이 핸드폰까지 보면서 먹고 있어서 얼른 먹으라고 했다가 소란이 일어났다. 아빠는 TV 켜놓고 밥을 먹는데, 왜 본인은 핸드폰을 보면서 먹으면 안 되는 거냐며 톡 쏘며 말했다. 하필 TV가 켜진 줄도 모르고 아들에게 잔소리했다가 오히려 내가 당하고 말았다. 그날도 나는 사춘기 아들에게 지고 말았다. 악당은 꼭 내 역할이고, 나는 방패가 필요하다.

얼굴에 여드름이 나기 시작할 무렵, 아들에게 "얼굴이 이게 뭐야?" 하고 말했다가 아들의 무서운 표정을 또 보고야 말았다. 곱디 곱던 우리 아들 얼굴에 나쁜 바이러스 같은 여드름이 생겨서 속상한 마음에 나온 말인데, 아들은 기분 나쁜 표정으로 '무슨 상관이냐'는 식이었다. 이 냉정한 아들 좀 보소. 내 분신과도 같은 아들 얼굴이 걱정되어서 말하는 어미의 마음을 이렇게도 몰라 주다니 정말 눈물이 앞을 가로막을 뻔했다.

그래도 어쩔 수 있나. 우리 아들 여드름을 박멸하는 클렌징폼과 로션을 사서 조용히 방에 넣어주었다. 써보니 어땠냐고 살며시 물어봤더니 "나쁘진 않네" 하며 짧게 대답했다. 나는 다시 아들과 대화의 통로를 열 수 있었고, 그 뒤로도 부지런히 클렌징폼과 로션을 사다 넣어주었다. 사춘기 아들도 뇌물에는 약했다.

어릴 때는 그렇게 잘 웃더니 이제는 아들 웃는 모습을 보는 것이 '이산가족 만나기'처럼 어렵다. 일부러 웃지 않으려고 작정을 한 것인지, 아니면 웃을 일이 없어서 그런 것인지, 아들의 웃는 모습이 그립다. 무슨 말만 하면 웃으면서 나한테 안기고 애교도 부리고, 아빠는 엄마 곁에 얼씬도 못 하게 철통 방어했던 아들이다. 나는 아들에게 그런 존재였는데, 그런 나의 아들은 어디로 갔는지 모르겠다. 맨날 엄마한테 짜증만 부리고 미워.

어느 날 갑자기 아들이 변한 것은 아니겠지만, 엄마인 내가 느끼는 체감은 '갑자기'란 말이 제일 맞는 것 같다. 분명 내 기억상 사춘기가 오기 전에는 우리 애가 이런 애가 아니었기 때문이다. 아이는 어느 순간, 말이 퉁명스럽고 길게 말하기 싫어하고 자기 방으로 들어가 버렸다. 변해버린 아들의 행동과 말투가 왜 이렇게 마음을 아프게 하는지 속상하기만 했다.

중학생이 된 아들은 2학년이 되어서 중간고사 시험을 치르게 되었다. 시험 기간에 학생은 당연히 공부하는 것이 정상인데 아들은 게임을 하고 있었다. 아들의 방문을 살짝 열어보고 나는 솔직히 깜짝 놀랐다. 중학생이 되어서 처음으로 보는 시험인데 이렇게 태평하게 게임을 하고 있다니, 잔소리가 자동으로 튀어나왔다. "지난번에 산 문제집은 다 풀었어?" 하고 물었더니, "그렇게 말하면 더 하기 싫어"라며 아들은 오히려 나에게 정색하며 말했다.

아니, 그래도 시험이 코앞인데 지금 한 글자라도 더 봐야 할 상황에 게임이라니요? 그것은 좀 아니라는 생각이 들었다. 그리고 문제집을 다 풀었는지 안 풀었는지 그게 궁금해서 물어본 것뿐인데, 그렇게 삐딱하게 말하니 내가 속이 안 터지겠냐고요? 했으면 했다, 안 했으면 안 했다, 이렇게 말만 하면 될 것을.

다 본인 잘되라고 관심을 가지고 엄마가 이야기하는 것을 듣기 싫은 잔소리라고 생각하는 아들이 야속하기만 하다. 예전 같았으면 "네, 알았어요" 하고 얼른 공부하는 척했을 텐데…. 내가 공부하라고 닦달하는 스타일의 엄마가 아니란 것을 알면서도 아들이 저렇게 대답하니 서운하기만 했다. 평소에 나는 그래도 아들에게 잘하고 있는 것 같은데, 아들의 말투에서는 조금도 엄마를 배려하는 말투가 느껴지지 않았다.

무슨 말만 하면 아들은 이렇게 말하곤 했다.

"알았어.", "알았다고.", "거기까지.", "아~진짜."

아이의 날카로운 말투와 태도를 그냥 시간이 지나면 괜찮아지겠지 하고 생각하기도 했다. 하지만 계속 그냥 넘어가는 것도 문제가 있을 것 같다는 생각이 들었다. 아이는 화가 나면 엄마, 아빠에게 함부로 말하고 쏘아붙여도 된다고 생각할 것 같았다. 하지만 남편과 나는 아들하고 부딪히지 않고 서로 사이좋게 지내는 것이 최선이라고 생각했던 것 같다. 사춘기니까 우리가 그냥 참고 넘어가자고 하는 경우가 종종 있었고, 우리 부부는 우리가 정말 좋은 엄마, 아빠라고 위안을 하고 있었다.

자식 한 명 키우는데도 이렇게 힘이 드는데, 두세 명씩 키우는 집은 정말 얼마나 힘들지 상상하기 싫은데 상상이 된다. 한 명이 사춘기 끝나면 그다음 타자가 올 것이고, 또 그다음 타자가 올 것이다. 매도 맞다 보면 덜 아프다는데, 차라리 여러 명 있는 집이 오히려 더 쉬우려나 하는 말도 안 되는 생각을 해본다.

아들한테 사춘기가 오면 엄마인 나는 이렇게 해야겠다 하는 계획을 따로 세워두지는 못했다. 하지만 진짜 이렇게 사춘기가 올 줄은 몰랐다. 정말 남의 집 이야기겠거니 하고 거의 무방비 상태에서 아들은 훅 들어왔다. '저, 사춘기 왔어요' 하고 '잽'을 연타로 날리며 정확한 사춘기 증상을 보여주고 있었다. 아들은 사춘기가 확실했다.

사실 우리 집 아들이 엄청나게 드라마틱한 사춘기를 겪고 있다고 할 수는 없다. 방황하고 가출을 하거나, 학교의 일진에 들어갔다거나 하는 어마어마한 스케일은 아니다. 그냥 어느 집에나 있는 지극히 평범한 사춘기 아이의 모습이 전부다. 하지만 나에게는 이런 평범한 사춘기 아들의 모습도 너무나 당황스럽고 적응하기가 어렵다.

빨리 사춘기라는 터널을 빠져나와 다시 웃음기 많고 귀여운 미소를 보여주면 얼마나 좋을까? 너무 큰 욕심일지 모르겠지만, 엄마인 나는 그런 날이 빨리 오기만을 기다리고 있다. 점점 아저씨 냄새가 나고 여드름이 가득한 얼굴의 중학생 사춘기 아들의 모습도 나중에는 추억이 되겠지만 말이다. 나는 아들의 얼굴에 있는 여드름도 너무 귀엽고 사랑스러운데, 아들은 왜 이렇게 장수말벌처럼 윙윙거리며 나에게 겁을 주는 것인지 모르겠다. 사춘기 아이는 정녕 장수말벌 같은 존재인가?

아들 키우기,
최대의 고민입니다

요즘 내가 싫어하는 산을 오르면서 드는 생각은 싫어하는 것도 해보면 나름대로 즐거움과 깨달음을 얻을 수 있다는 것이다. 엄청 험한 산이라고 알려진 산을 오르다 보니 나도 모르게 알 수 없는 깨달음과 기쁨이 있다는 것을 발견했다. 아들은 산에 가는 것을 싫어했고, 남편과 나만 둘이서 산에 가기로 했다. 정작 올라가야 할 사람은 가지 않고, 가지 않아도 될 사람들이 가고 있는 것은 아닌가 하는 생각이 들었다. 아들이 산에 오르면 큰 깨달음을 얻을지도 모른다는 막연한 상상도 해본다.

산을 오르는 길에는 커다란 돌덩이들이 어찌나 많은지 한눈팔았다가는 쉽게 다치고, 조심하지 않으면 바로 목발을 짚을 수 있는 그런 악조건의 환경이었다. 사람들은 스틱을 양손에 가지고 오르지만, 워낙 산이 험해서 스틱은 큰 도움이 되는 것처럼 보이지 않았다. 그래도 사람들은 양손에 스틱을 들고 산에 오르고 있었다. 마치 남이 하는 것은 꼭 따라서 해야 하는 것처럼 보였다.

자식을 키울 때 저마다 생각하는 양육 방식이 있고, 또 다른 주변 사람들의 의견을 들으면서 아이를 키운다. 각자 가정환경이 다르고 부모의 교육 가치관도 달라서 어느 것이 정답이라고 할 수는 없다. 다만 내 아이와 잘 맞는 방식을 알아내 그 방식으로 자식을 키우면 되는 것이다. 그것이 쉬우면 좋겠지만, 알다시피 굉장히 어렵다. 그래서 그것은 우리 부모들이 안고 가야만 하는 어려운 숙제로 남아 있다.

어느 집이나 갑자기 아이가 부모의 말을 듣지 않거나 반항하는 시기를 한 번쯤 겪고 지나가는 것 같다. 마치 여름철 소나기가 갑자기 쏟아지는 것처럼 말이다. 소나기가 멈추면 언제 그랬냐는 듯이 다시 날씨는 쨍하고 반짝이며 뜨겁다. 소나기가 내렸다고 불평불만을 하는 사람은 없다. 다만 우산도 없이 비를 맞으면 조금 속상한 마음이 들 뿐이다.

내 아이를 잘 키우고 싶은 마음은 어느 부모나 마찬가지다. 달리기를 해도 1등을 하면 좋겠고, 아주 작은 사소한 것 하나까지도 모두 잘했으면 하는 것이 솔직한 부모의 마음이다. 하지만 부모와 자식의 마음은 같지 않고, 현실은 그렇지 못하다. 그래서 부모는 순간순간 안달이 나고, 자식은 부모가 왜 그러는지 이해가 되지 않는 평행선을 달리게 된다.

나는 내 아들이 기질적으로 키우기 쉬운 아이라고 생각했다. 고집은 있었지만 순하고 엄마, 아빠 말을 잘 따르는 아이라고 생각했으니 말이다. 하지만 순하고 착하다고 해서 항상 그렇게 크는 것은 아니었다. 때가 되면 아이도 변하고 자신이 원하는 대로 생각하고 행동하며, 부모와 정한 규칙도 어기는 일이 일어난다. 내 자식이어도 영원히 순하고 착하다고 착각하면 큰일 난다.

나와 남편은 어떤 규칙을 정할 때 아들에게 먼저 여러 선택지를 제시하고 선택하도록 했다. 아들에게 선택권을 주고 본인 스스로 결정해서 규칙을 만드는 것이었다. 아들은 본인이 정한 규칙이기에 잘 지키는 것처럼 보였지만, 작심삼일이었다. 나와 남편은 아이가 잘 지켜주리라 믿었지만, 우리는 아들에게 보기 좋게 당하고 말았다. 이미 예상한 결과지만 정말 그렇게 되고 나면 조금은 실망스럽기도 했다.

사실 규칙이라는 것이 그렇게 거창한 것도 아니었다. 잠은 몇 시에 자기로 하고, 게임은 몇 시간 동안 할 것인지, 공부는 몇 시간 할 것인지 등등 학생의 본분에 대한 기본적인 규칙이었다. 우리는 아이와 타협하고 협상하며 아이의 의지와 생각을 존중하려고 했고, 아이도 좋아하는 듯 보였다. 하지만 규칙을 정하기만 하면 뭐하나고요? 잠깐 하다 말 것을.

부모는 아이에게 좋은 음식을 먹이고, 좋은 공부 환경을 만들어 주고 건강하게 자랄 수 있도록 노력한다. 당연히 가족과 자녀를 위해 돈을 벌고, 자녀를 양육하는 데 기꺼이 비용을 지불하고 자녀 교육에 힘을 쓰고 있다. 내 아이가 잘되기를 바라는 마음과 나보다 더 행복하기를 바라는 부모의 마음은 모두가 같을 것이다.

아들은 겉으로는 자신은 이제 어린아이가 아니라며 잔소리하지 말라는 태도지만, 내가 보기에는 아직도 잔소리를 들어야 할 어린아이처럼 보인다. 아들의 귀여운 투정을 들으면 아들이 많이 자랐다고 생각하면서도 한편으로는 아직도 갈 길이 멀다는 생각이 든다. 아들의 언행일치가 이루어지지 않고 있으니 참으로 안타까운 일이다.

이제는 아들이 점점 손도 커지고 발도 커져서 마냥 어린아이로만 볼 수도 없다. 눈에 보이는 신체적인 성장은 계속 이루어지고 있는데, 보이지 않는 마음의 성장은 더디기만 한 것 같다. 그래서 가끔은 '엄마로서 어떻게 해야 잘하는 것일까?' 하는 질문이 머릿속에 계속 맴돈다.

부모가 되어 자식을 키운다는 것이 얼마나 어렵고 희생이 따르는 일이라는 것을 자식 낳아서 키워보면 다 알 수 있다. 자식을 낳기 전에는 절대로 알 수가 없고, 키워보기 전에는 깨달을 수 없기 때문이다. 요즘 젊은 세대가 결혼을 망설이는 이유 중 하나도 '자식을 낳아서 기르는 것을 두려워하기 때문이다'라고 들은 것 같다. 그만큼 자식을 낳아서 기른다는 것은 엄청난 책임이 따르는 일이다. 그런데 아들은 더욱더 그런 것 같다.

'부모가 된다'라는 것은 엄청난 책임과 부모라는 이름의 무게를 견뎌야 한다는 것이다. 부모는 자식을 낳았으면 당연히 책임을 지고 잘 키워야 한다. 일상 속에서 겪는 크고 작은 문제 속에서도 부모는 문제를 잘 조율하고 해결해서 올바른 방향으로 갈 수 있도록 항해를 잘해야 한다. '내가 낳은 자식은 내가 책임진다'라는 막중한 임무를 지고 말이다.

자녀를 키울 때 우리는 자녀와 부딪히는 크고 작은 갈등 속에서도 부모이기 때문에 힘들어하고 고민하게 된다. 그 문제가 어떤 것이든지 간에 포기하지 않고, 결국은 해결해야 하는 상황과 문제들을 계속 만나게 된다. 아이는 친구와의 갈등과 공부하면서 겪는 스트레스, 그리고 부모와의 관계, 그 외의 여러 가지 문제를 만나게 된다. 이런 문제들을 겪고 싶지 않다고 해서 겪지 않는 것도 아니다. 이것은 피할 수 없는 필연적인 문제들이다.

나는 진심으로 아들을 잘 키우고 싶다. 세상에서 제일 멋지고 훌륭한 아들로 키우고 싶다. 누구에게나 칭찬받고 존중받으며 사회적으로 성공한 그런 아들로 말이다. 이것은 나의 소망이자 막중한 책임이기도 하다. 물론 이것은 나 말고도 모든 부모의 희망 사항일 것이다. 원래 희망 사항은 밑도 끝도 없이 잘되었으면 하는 것이 특징이다. 이 희망 사항을 꼭 실현했으면 하는 것 역시 희망 사항이다.

지금도 중학생인 아들을 키우면서 어렵다고 느끼고 있는데 앞으로가 더 걱정이다. 사실 어떻게 키워야 잘 키우는 것인지 늘 고민이다. 머리도 커가고 덩치도 커가는 아들의 눈치만 보는 것이 아니라, 진정으로 아이와 서로 힘든 시간을 지혜롭게 잘 헤쳐나가는 것이 중요한 시점이다. 아이를 잘 관찰하고 함께 공감하고 아파하며, 기뻐하는 타이밍에 잘 반응하는 부모야말로 아이들이 바라는 부모의 모습이다. 비록 내가 낳은 자식이지만 지금도 아들의 마음을 모두 알기가 어렵다. 그래서 지금 나의 최대의 고민은, 아들을 키우는 일이다.

2장

딸과 아들은
다르다

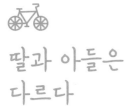

딸과 아들은
다르다

아들만 키우는 나는 가끔 딸이 한 명 있으면 좋겠다는 생각이 들었다. 왠지 딸은 내 마음을 알아줄 것 같고, 아들보다 속도 덜 썩일 것만 같았다. 딸이 있으면 같이 쇼핑도 가고, 맛집도 가며, 오순도순 잘 지낼 것 같은 상상을 하기도 한다. 아들이랑은 같이 쇼핑도 갈 일이 별로 없고, 오손도손 수다를 떨 일도 없으니 딸 타령을 하지 않을 수가 없다. 그래서 가끔은 딸이 있는 엄마가 부럽다.

아들 앞에서는 "딸이 있으면 좋겠다"라는 말은 하지 않았지만, 어쩔 때는 '아들의 외모에 머리만 긴 딸이라도 하나 있으면 좋겠다'라는 생각을 하기도 했다. 말도 되지 않는 이야기지만 혼자서 상상하고, 혼자서 미소 지을 때가 있다. 아들의 얼굴을 닮은 딸이라니 생각만 해도 웃긴다. 그런데 만약 진짜 그런 딸이 있다면 그것도 마냥 기뻐할 일만은 아니다.

보통 딸들은 섬세하고 감정도 예민하며 공감 능력이 더 잘 발달되어 있다. 그래서 수업 시간에 선생님의 이야기를 들을 때도 집중력이 더 좋은 편이다. 내가 아이들을 가르칠 때도 느꼈지만, 여자아이들의 수업 태도가 남자아이들의 수업 태도보다 더 좋은 편이다. 눈빛도 더 반짝반짝하고 귀도 더 쫑긋 세워 듣고 있다는 것을 느낄 수가 있었다.

여자아이들은 언어 발달이 남자아이들보다 빠른 편이라서 말도 더 빨리 배우고 더 빨리 말하기 시작한다. 그래서 좀 더 조리 있게 말하기도 한다. 남자들이 여자들을 말로는 이기기가 쉽지 않은 이유다. 우리 집도 여자는 나밖에 없어서 말로는 내가 대장이라고 봐야 한다. 여자들은 본인한테 불리하면 틀린 말도 억지스러운 말발로 남자들을 이기는 신기한 힘을 가지고 있다. 물론 때로는 남자들이 길게 말하기 싫어서 져주는 것 같은 아리송한 느낌을 받기도 한다.

남자아이들은 활동적이고 뛰면서 놀기를 좋아하는 야생마 같은 기질을 가지고 있다. 그래서 남자아이들이 유독 더 많이 다치게 된다. 남자아이들은 또 호기심도 많아서 만지지 말라고 하는 것을 청개구리처럼 굳이 손대고 나서 혼이 나는 경우도 많다.

전기 콘센트에 그렇게 손가락을 넣으면 큰일 난다고 해도 손가락을 넣고는, 눈물이 나도록 혼이 나는 것이 바로 남자아이들이다.

에너지와 호기심이 넘쳐서 늘 말썽 피우고, 눈치까지 없으니 더 많이 혼나는 쪽은 주로 남자아이들이다. 혼이 나도 금방 또 잊어버리고 어느새 비슷한 이유로 또 혼나고 있다. 그리고 그런 모습을 보며 딸들은 웃고 있을지도 모른다. '맨날 저런다니까' 하면서 말이다.

딸과 아들은 분명 서로 비슷한 점도 있고, 서로 다른 점도 가지고 있다. 딸이라고 다 말을 잘하는 것도 아니고, 아들이라고 무조건 콘센트에 손가락을 넣는 것은 더욱 아니다. 하지만 아이들은 대략 비슷한 모습을 보이는 것이 일반적이다.

그런데 믿기 힘든 이야기지만 가끔 아들도 애교를 부리기도 한다. 본인이 정말 급하게 필요한 것이 생겼거나, 용돈이 필요할 때는 아들의 애교를 볼 수 있다. 첫 번째 단계는 팔짱을 끼고, 두 번째 단계는 목소리 변조가 이루어지며, 마지막에 빠르게 본론을 말한다. 만약 아들이 팔짱을 낀다면 '아! 뭔가 꿍꿍이속이 있구나' 하고 바로 알아차려야 한다. 아들은 웬만한 일이 아니고서는 팔짱을 끼지 않는다.

이것은 바로 우리 아들이 초등학생 때 보였던 '3단계 애교 전략'이었다. 다시 생각해도 너무 귀여운 모습이다. 하지만 그것은 아들의 마지막 애교였다. 그 후로 다시는 아들의 애교를 볼 수가 없었다. 중학생이 된 아들은 이제 이런 행동 자체를 싫어한다. 내가 목소리를 조금만 변조해서 말하면 아들의 표정은 바로 바뀐다. 지금은 엄마랑 말하고 싶지 않다는 그런 강력한 기운이 느껴진다. 3단계 애교 전략은 언제 다시 볼 수 있을지 모르겠다.

우리 아들과 동갑인 딸을 키우는 지인과 이야기하다 보면 확실히 딸들은 엄마와 더 가깝고 엄마를 이해하는 듯하다. 엄마의 말을 잘 알아듣고 엄마가 말하는 뉘앙스를 잘 알아차린다. 또한, 엄마의 감정을 잘 알고 공감해준다. 가끔은 딸도 엄마와 다시는 안 볼 사람처럼 서로 싸우기도 하지만, 같은 여자라서 그런지 금방 화해하고 웃으며 지낸다.

딸과 아들은 성별도 다르고 태어날 때부터 외모도 다르게 태어난다. 그래서 그런지 자라는 동안 아들과 딸은 다른 행동 패턴을 보이고 다른 정서적 교감을 보인다. 딸은 엄마와 같은 여자라서 그런지 엄마와 잘 지낼 수밖에 없는 이쁨받는 패턴이고, 아들은 늘 엄마에게 왠지 모를 답답함을 선사하는 답답한 패턴을 보일 수밖에 없다.

예를 들어, 엄마가 울고 있으면 딸은 엄마의 아픔을 공감하고 "엄마, 괜찮아?", "울지 마!"라고 말하며 엄마를 위로해주고 마음으로 함께 아파해준다. 그런데 아들은 "엄마, 왜 울어?"라고 말하며 엄마가 왜 우는지 이유를 모른다. 아들들은 이렇게 눈치가 없고 공감력이 격하게 떨어진다.

이러니 엄마들이 아들을 키울 때 더 답답함을 호소하는 것이다. 엄마의 감정을 전혀 읽을 줄 모르는 아들들은 본인이 지금 왜 혼나고 있는지를 모를 때가 많다. 더 심한 것은 본인 때문에 엄마가 우는 것을 모를 때도 있다는 것이다. 사고는 본인이 치고 엄마에게 왜 우느냐고 물어보는 아들이 제발 옆집 아들이기를 간절히 바랄 뿐이다.

딸들은 엄마가 하지 말라고 눈치를 주면 금방 알아차리고 수긍하지만, 아들들은 안 되는 이유를 말해달라고 한다. 아들은 '왜'라는 말을 계속하며 수긍할 만한 이유를 대라고 오히려 엄마에게 요구하기도 한다. 아들들은 이렇게 하나하나 일일이 말을 해줘야만 그제야 알아듣고는 "진작 말해주지"라고 한다. 엄마가 왜 아빠의 허벅지를 꼬집는지 그 이유를 이제야 알려나 모르겠다.

나는 지금 아들을 흠잡으려고 말하는 것이 절대로 아니다. 대체로 아들들은 대화할 때 딸보다 센스가 부족하고, 대화 내용을 바로 이해하지 못하는 경우가 많다는 것이다. 아들을 키워보지 않은 엄마는 소문으로만 들어서 아들을 키우는 엄마의 마음을 이해하기는 어렵다. 아들의 행동 하나하나와 정서적인 부분들을 겪어보지 않으면, 소문으로만 들은 남의 집 말썽꾸러기 아들 이야기를 들은 것밖에 되지 않는다.

아들이든, 딸이든 키우다 보면 분명 크고 작은 다툼과 의견 충돌은 필연적으로 있다. 아무리 착한 딸이라고 해서 엄마를 다 이해하는 것도 아니고, 아무리 답답한 아들이라고 해서 모두가 다 눈치가 없는 것은 아니다. 때로는 딸도 엄마의 마음을 아프게 하기도 하고, 눈치 없던 아들이 오히려 엄마를 더 잘 이해할 수도 있을 것이다.

이 지구상에 똑같은 사람은 단 한 사람도 없다. 남자와 여자도 마찬가지고, 아들과 딸도 마찬가지다. 아들은 아들대로 커가고, 딸은 딸대로 커간다. 만약 이 세상의 모든 사람이 다 똑같다면 얼마나 심심하고 재미없는 세상이 되겠는가? 모든 것이 다 똑같으면 무슨 특별함이 있고 다양성이 존재하겠는가? 나는 아들을 키우는 엄마로서 아들한테 있는 아주 작고 희미한 장점도 발견하고, 딸에게는 없는 장점을 가진 아들을 사랑하며 키우리라 오늘도 마음먹는다.

아들을 씩씩하게
키우고 싶다면

우리 아들은 또래의 아이보다 체구가 작고, 몸무게도 적게 나가서 많이 가벼운 편이다. 중학생인 지금도 반에서 그렇게 큰 편이 아니라서 조금 속상하긴 하다. 키가 전부는 아니지만 내 키가 작아서 아들이 작은 것은 아닌가 하는 미안한 마음이 들기도 한다. 이것은 키가 작은 엄마들만 공감할 수 있는 아주 민감한 부분이다. 가끔은 아들도 본인 키가 작은 것에 신경을 쓰는 것처럼 보인다.

아들은 어릴 때 유독 감기에 잘 걸리고 편도가 자주 부어서 겨울이면 약을 달고 살아야 했다. 그래서 겨울이면 단골 가게에 가듯이 늘 가는 곳이 소아과병원이었다. 혹시라도 병원에 입원이라도 하면 남편과 나는 서로 번갈아가며 간호를 하다가 출근했다. 아들의 입원은 우리 부부에게 큰 시련이 아닐 수 없었다. 병원에서 어린 아들의 병간호를 하다가 잠들고, 출퇴근하는 것은 보통 일이 아니었다.

하지만 아들은 어릴 때 줄넘기, 훌라후프, 인라인스케이트 등의 운동을 하는 것을 좋아했다. 그리고 자전거 타는 법도 일찍 배워서 두발자전거를 금방 탈 수 있게 되었다. 유치원을 다닐 무렵에 이미 다 섭렵해 또래의 아이들 누구와 대결해도 지지 않을 만큼 자신감이 넘쳐 보였다. 실제로 대결해보지 않았지만 자신감 하나는 확실했다. 아들은 체구는 작아도 욕심은 있어서 남에게 지는 것을 싫어했다.

세계보건기구(WHO)의 신체활동 건강 지침에 따르면, 5~17세의 어린이와 청소년은 매일 적어도 60분 정도 적절한 강도의 신체활동을 할 것을 권장하고 있다. 확실히 남자아이들은 움직이면서 뛰는 것을 좋아한다. 그런데 요즘은 체육활동 시간이 많이 줄어들었을 뿐만 아니라 코로나로 인해 함께하는 운동은 더욱더 할 수가 없게 되었다. 집에서는 층간소음 때문에 뛸 수가 없어 아이들의 신체활동 시간이 절대적으로 부족해졌다.

중학생이 된 아들은 학교와 학원만 다녀오면 집에만 있고, 운동은 전혀 하지 않는다. 이제는 딱히 좋아하는 운동도 없어서 운동 자체를 하기 싫어한다. 우리 부부의 취미는 탁구다. 그래서 우리 부부는 아들과 함께 운동하고 싶은 마음에 여러 번 탁구를 해보자고 아들을 설득해봤다. 하지만 아들에게는 아무런 소용이 없었다. 아들은 자라면서 점점 운동하는 것을 싫어했고, 자꾸 방 안에 앉아서 할 수 있는 정적인 것만 하려고 했다.

운동하고 나서 땀을 흘리면 얼마나 기분이 상쾌하고 몸도 가볍고 좋은데, 아들은 이런 운동의 맛을 너무 모른다. 요즘 아이들은 내가 어릴 때보다 더 체력 상태가 약하다는 생각이 든다. 공부도 체력이 따라줘야 한다. 탄탄한 체력 없이는 당연히 공부도 제대로 할 수가 없다. '건강을 잃으면 모든 것을 잃어버리는 것과 같다'라는 말이 있다. 그만큼 건강의 중요성은 더 말할 필요도 없다. 이런 말을 하면 또 잔소리한다고 하겠지만 사실인데 어쩌겠는가?

내가 어릴 때는 동네 아이들과 함께 잡기 놀이도 하고, 숨바꼭질 놀이도 하고, 온 동네를 뛰어다니며 체력을 키웠다. 그렇게 아이들과 정신없이 뛰어다니며 놀면서 운동도 하고 건강도 챙겼다. 그때는 그것이 단순히 놀이라고 생각했는데, 지금 생각해보니 체력도 키우고 친목도 도모하면서 참 알차게 놀았던 것 같다.

그리고 그때는 동네마다 방역하는 차가 와서 동네를 돌면서 방역했다. 동네 아이들은 방역하러 온 차를 '소독차'라고 불렀다. 그리고 그 소독차만 오면 동네 아이들은 모두 너 나 할 것 없이 그 차를 따라다녔다. 굉장히 냄새가 지독한데 그 냄새를 맡으며 온 동네 아이들이 따라다녔다. 그때는 이상하게도 소독 냄새가 지독하다고 느낀 적이 한 번도 없었다. 아이들은 누가 더 소독차에 가까이 붙어서 따라가는지 내기라도 하는 것처럼 소독차를 쫓아다녔다. 그때 소독차는 동네 소독을 한 것이 아니라 아이들을 소독하고 다녔던 것 같다. 내가 초등학생 때 달리기를 잘한 이유가 아무래도 이 소독차와 연관이 있는 듯하다. 아니면 말고.

운동이라고는 숨쉬기 운동밖에 안 하는 아들이 걱정되고 안쓰러워 한번은 집 근처에 걷기 좋은 공원이 있어서 아들과 걷기 운동을 하기로 했다. 아들에게 몇 번을 부탁하고 부탁해서 겨우 승낙을 받아 공원에 가게 되었다. 걷는 동안은 즐겁게 이야기도 하면서 오순도순 걸었다. 아들도 싫어하는 눈치는 아닌 것 같았다. 하지만 가기 싫은 소를 억지로 끌고 가듯 한 운동이어서 그런지 이 걷기 운동 프로젝트도 몇 번 하고는 끝나버렸다. 분명 아들도 싫어하지 않았고 걸으니까 기분이 좋다고 했는데 그것은 진심이 아니었던 것 같다. 늘 이것이 문제다. 엄마는 진심인데 아들은 그냥 엄마를 위한 형식적인 서비스를 하는 듯한 기분이 들었다. 그래도 아들이 시도해봤다는 것에 큰 의미를 두기로 했다. 훗날 아들이 이 기억을 저장해놓았다가 엄마의 마음을 알아주려나 모르겠다.

아들은 초등학생 때만 해도 힘이 약하고, 신발 크기도 나보다 작아서 언제 크려나 하는 걱정이 들었다. 그런데 점점 발 크기도 커지고 힘도 더 세지는 것 같다. 한번은 아들이 나에게 팔씨름으로 도전장을 내밀었다. '무슨 자신감으로 팔씨름을 하자고 하지?' 생각하며 당당히 도전을 받아주었다. 결과는 나의 완패였다. 나는 봐주지 않고, 내 힘의 100% 다 썼는데도 불구하고 오른팔도 지고 왼팔도 지고 말았다. 받아들일 수 없는 결과였다. 하지만 사실 지고도 너무나 기뻤다. 아들이 나를 이겼다는 것은 이제 남자가 되어가고 있다는 증거였다.

'체력은 국력이다'라는 말은 체력만 있으면 못할 것도 없다는 뜻이다. 체력이 가장 기본이라는 말이기도 하다. 지금 아들은 체력을 국력으로 만드는 중인가 보다. 마냥 어리고 약한 아들이라고 생각했는데 내 생각이 틀렸다. 아들에게 어떻게 이렇게 팔 힘이 좋아졌는지 물어봤더니 수시로 팔 굽혀 펴기를 했다고 털어놨다. 한 번도 운동하는 것을 본 적이 없는데 언제 했는지 대견했다.

사실 아들이 어릴 때 몸이 약한 탓에 영양제도 사서 먹이고, 홍삼도 먹이고, 보약도 지어서 먹이곤 했다. 아들에게 고기도 자주 먹이기 위해 우리 부부는 열심히 벌어서 아들의 영양을 챙겼다. 그런데 원래 타고난 기질 때문인지 먹는 것에 큰 관심이 없었고, 입이 짧았기에 걱정했는데 언제 이렇게 컸는지 대견했다.

자식을 튼튼하고 건강하게 자랄 수 있도록 도와주는 것이 부모의 역할이다. 육체적·정신적인 건강 두 가지 다 중요하다. 둘 중 한 가지만 놓쳐도 문제는 발생하기 마련이다. 나는 아들의 전담 체력

코치로서 아들을 잘 키워야 할 의무를 지고 있다. 아들은 무슨 소리냐고 하겠지만 말이다.

"아들아! 엄마는 지금부터 너의 전담 체력 트레이너다! 너와의 팔씨름을 위해 오늘도 엄마는 아령을 들고 연습하며 결전의 날을 기다리고 있다. 이번에도 엄마가 또 지면 너의 체력을 인정해주마."

한 귀로 듣고,
한 귀로 흘리는 아들

"아들! 아들!"

방문 닫기가 일상이 된 아들은 한 번 부르면 대답하지 않는다. 아들은 항상 헤드폰을 끼고 게임을 하고 있어서 더욱 들릴 리가 없었다. 오늘도 여전히 나 혼자 '고요 속의 외침'처럼 외치다가 아들 방문을 두드린다. 그리고 나서 부르면 아들은 언제 불렀냐며 못 들었다고 한다. 이것이 바로 게임에 진심인 중학생 아들의 모습이다.

아들의 표정에서는 조금도 미안함이 느껴지지 않는다. '엄마가 더 크게 불렀으면 들렸을 텐데 작게 불러서 안 들렸다'는 식이다. 물론 틀린 말도 아니다. 나는 아들을 한 번 부르면 바로 대답하기를 기대하지만 그런 일은 거의 일어나지 않는다. 아들이 중학생이 된 이후로 아들과 나는 항상 이런 식의 대화가 주를 이루었다.

핸드폰으로 음악을 들을 때도 비슷했다. 엄마인 내가 아들을 방해하려고 일부러 그런 것도 아닌데, 잠깐이라도 음악의 흐름이 끊어지면 아들은 예민하게 반응한다. 서로 이야기를 하려면 하던 일을 잠깐 멈추는 것은 당연한 것인데도 말이다. 정작 예민하게 반응해야 할 부분은 예민하지 않고, 예민하지 않아야 할 때는 예민하다. 거참, '중딩'이라는 너는 참 이해하기 어려운 존재로구나. 아무튼 가끔은 아들이 너무 이기적으로 보이기도 한다.

이런 이기적인 남자를 계속 사랑해야 한다니, 정말 나는 가련한 여자 주인공이 아닐 수 없다. 그런데 이런 이기적인 남자가 어쩌다가 미소를 씩 지으면서 말하면 나는 홀랑 넘어가고 만다. '내가 또 아들한테 당하는구나!' 하고 혼자서 웃으며 넘긴다. 평생 이러고 산다면 힘들겠지만, 이런 시기도 잠깐이겠지 생각한다. 나는 아들과 전쟁하는 대신 평화를 택한 채 살아가고 있다. 나의 소원은 그냥 중학생 아들과의 평화다.

아들은 아침에 학교 가기 전에 준비물이나 기타 안내문을 챙겼는지 몇 번이나 물어보면 그냥 알았다고만 대답한다. 대답은 잘하지만 정작 학교에 가는 도중에 준비물을 깜박 잊어버렸다고 말하며 당황해했다. 그렇게 잘 챙겼냐고 물어볼 때는 챙겼다고 하더니⋯. 그런데 이때 엄마가 조심해야 할 부분이 있다. 그것은 바로 "엄마가 준비물 챙기라고 몇 번 말했어?"라고 말하는 것이다. 그 순간 오히려 아들에게 거센 공격을 받게 될지도 모른다.

본인이 챙기지 않아서 잊어버렸음에도 불구하고 불똥은 늘 엄마에게 떨어진다. 아들은 "한 번 더 말해주지 그랬냐"며 오히려 나에게 엉뚱하게 화살을 쏘아댄다. 화살에 맞으면 얼마나 속상한지 모른다. 내가 아침에 그렇게 말했건만 안 챙기더니 결국 나에게 모든 원망이 날아온다.

아들은 초등학생 때부터 친구들을 집에 자주 데려오곤 했다. 아들에게는 두 명의 친한 친구가 있다. 지금까지도 서로 연락하고 잘 지내고 있는 친구들이다. 그런데 그 친구들과 만나면 좋아서 그런지 너무 늦게까지 게임을 하거나 이야기를 하며 잠을 자지 않는다. 분명 친구들과 몇 시에는 자야 한다고 약속까지 했지만, 아무 소용이 없는 약속이 되고 만다. 약속을 안 지키면 다음부터는 친구를 초대하는 것은 절대 금지라고 겁도 줘봤지만, 그 순간만 대답할 뿐이었다.

당연히 친구들과 만나면 즐겁고 시간 가는 줄 모르고 노는 것은 이해는 된다. 엄마인 내가 그것을 이해하지 못하는 것은 아니다. 문제는 주말에 늦게까지 놀고 나면 평일의 모든 컨디션이 완전히 망가지고, 학원도 가지 못할 정도로 피곤해한다는 것이다. 본인이 이겨낼 수도 없을 정도로 조절 능력도 없는데, 친구들과 만나기만 하면 이 패턴의 반복이다. 내가 아이들을 밤새도록 통제하는 것도 한계가 있다. 나도 사람이니까 잠이 오면 자야 한다. 그런데 문제는 내가 아이들보다 먼저 잠이 들고 만다는 것이다.

주말은 재미있게 보내고 평일은 완전히 망치는데 좋아할 엄마가 얼마나 있겠는가? 물론 친구들이 와서 함께 즐겁게 노는 것 자체는 좋은 일이다. 하지만 항상 문제는 그다음에 일어난다. 다음에 또 같이 놀면 되는데 오늘만 날인 것처럼 놀고 내일은 나 몰라라 하는 식이다. 마치 '내일 지구의 종말이 와도 오늘은 밤새도록 놀자' 뭐 이런 식이다.

아들이 약속을 안 지키는 것은 이미 너무 자주 있는 일이라 열거하자면 끝이 없다. 학교 숙제부터 시작해서 씻는 것까지 내 입만 아플 때가 많다. 아들이 속을 썩인다거나 나에게 엄청난 고통을 주는 것은 아니지만, 일상의 사소한 것들을 해놓지 않아서 서로 얼굴을 붉히게 되는 것 같다. 늘 한다고 말하고는 하지 않는 것이 습관이 되어버린 것 같다.

물론 아들도 나와 약속을 했던 그 순간에는 '약속을 지켜야지'라고 했을 것이다. 하지만 돌아서면 다 잊어버려서는 의미가 없다. 다음에는 꼭 미리미리 한다고 하는 그 거짓말에 속아서 또다시 나는 그 거짓말을 믿어주기로 한다.

엄마는 왜 항상 아이에게 잔소리하는 사람이어야 할까? 당연히 내 아이를 올바른 사람으로 자라게 하려고 하는 소리다. 아이가 엄마의 잔소리를 듣고 반성하고, 다시는 똑같은 잘못을 하지 않게 하기 위함도 있다. 이것은 무조건 엄마가 어른이어서 하는 소리는 아니다. 다만 아들이 올바른 사람이 되기를 바라는 마음으로 하는 것이다. 아무리 생각해도 아들은 여전히 나의 잔소리가 더 필요할 것 같다.

이렇게 한 귀로 듣고 한 귀로 흘리는 아들을 볼 때면 '내가 너무 쉬워 보이는 엄마인가?'라는 생각도 든다. '쉬워 보이는 엄마'란 말은 아들이 엄마를 무섭게 생각하지 않는다는 것이다. 엄마는 항상 '평화주의자'라고 외치니 분명 잔소리는 조금만 하고 넘어갈 것이라고 예상하는 것이다. 이것은 내 추측인데 아들은 이미 나에 대한 분석을 끝낸 것 같다.

자꾸 이런 일이 반복되다 보니 아들은 '엄마의 잔소리가 시작되면 얼렁뚱땅 대답하고 넘어가면 되겠지' 하는 식으로 건성으로 듣게 된 것 같다. '엄마의 무서움과 권위를 보여주지 않은 내 잘못인가?'라는 생각도 든다. 가끔은 '아들이 엄마보다 더 높은 곳에 앉아서 엄마를 지켜보고 있는 것이 아닐까?'라는 생각마저 들기도 한다.

원칙을 정해서 하면 된다고도 하는데, 나는 개인적으로 너무 정확한 틀을 정해놓고 하는 것을 그다지 좋아하지 않는다. 그래서 아들에게도 확고한 원칙을 말하지 않았던 것 같다. 아들이 스스로 잘 지켜주기를 바랐다. 하지만 나의 기대와는 달리 아들은 엄마를 자꾸 잔소리하고 화내는 사람으로 만들고 있다. 내가 아들에게 너무 어려운 일을 기대하는 것은 아닌데, 아들은 이것이 너무 어려운가 보다.

딸은 알아서 척척,
아들은 답답

나는 외동아들을 키우고 있는 엄마다. 요즘은 자녀가 많은 집보다 한 명 또는 두 명만 있는 집이 많다. 예전 같으면 자식이 한 명만 있다고 하면 모두 얼른 빨리 더 늦기 전에 한 명 더 낳아서 키워야 한다고 걱정하기도 했다. 나는 주변 어른들의 걱정 가득한 말을 들어야 했다. 요즘도 그렇게 이야기하는 어른들이 있다.

외동아들을 한 명만 키우다 보니 우리 부부의 관심은 당연히 아들에게 쏠릴 수밖에 없었다. 그리고 나는 자꾸 아들을 부를 때 이름이 아닌, '아들!'이라고 불렀다. 이상하게 아들 키우는 엄마들은 아들 이름을 놔두고 모두 '아들!'이라고 부른다. 남편도 나를 따라서 '아들'이라고 부른다.

도대체 왜 그러는지 웃음이 나오지만 나도 모르게 자동으로 이름보다 '아들!'이라고 부르게 된다. 어릴 때 남자아이들의 이름은 모두 '아들'인가 보다. 딸은 그렇게 부르지 않는데 아들은 유독 이름을 부르지 않고 '아들'이라는 호칭을 이름처럼 부르는 집이 많다. 아들 키우는 집을 조금만 관찰해도 금방 어디선가 들릴 것이다.

"아들~!"

아들을 키우다 보면 엄마가 일일이 신경 써야 할 부분이 정말 많다. 어릴 때는 더욱 그렇다. 여자아이들은 더 야무지게 자기 것을 잘 찾아서 하는 경향이 있는데, 남자아이들은 여자아이들보다 더 덜렁대며 자기 순서도 모른다거나, 심지어 자기 물건도 잘못 찾기도 한다.

어린이집과 유치원에서 영어 수업을 하는 동안에도 나는 아이들의 성향을 파악할 수 있었다. 수업 시간은 한 반에 대략 20~30분 사이였다. 그 짧은 시간 동안에도 남자아이들의 모습은 빠릿빠릿하지 않았다. 재빨리 알아서 하는 것은 늘 여자아이들이었다. 연말에 발표회를 할 때면 더 확실히 알 수 있다. 무대에 나가기 바로 전까지도 줄을 잘 맞추라는 잔소리는 늘 남자아이들의 몫이었다.

남자아이들의 특징 중 하나는 자신의 물건을 잘 찾지 못한다는 것이다. 그리고 수업 시간에 본인의 영어책과 색연필을 찾는 데도 한참 걸린다. 친구들과 잡담하고 장난까지 치느라 시간이 더 오래

걸린다. 여자아이들은 선생님 눈을 쳐다보고 방긋방긋 웃으면서 잘 따라오는데, 남자아이들은 이렇게 하는 것이 참 힘들다.

지금부터 하는 이야기는 남의 집 이야기가 아니다. 아들이 있는 집은 어느 집이나 공감할 만한 이야기라고 생각한다. 아마도 이런 비슷한 상황이 일어나는 집이 아주 많을 것이다. 우리 집에서 일어나는 일이 다른 집에서도 똑같이 생긴다고 하니 신기할 뿐이다. 아들은 바로 앞에 있는 물건도 한참 동안 찾아 헤맨다.

"엄마, 손톱깎이 어딨어?"
"거기 거실 서랍에 있어."
"어디? 안 보여."
"서랍 열면 바로 보이는데."
"몰라. 못 찾겠어."

우리 집 거실 서랍은 하나밖에 없는데 그것을 못 찾는다. 찾으면 다행이지만, 결국 나를 부르고 나서야 물건을 찾게 된다. 왜 바로 앞에 있는 물건이 내 눈에는 보이고, 아들 눈에는 안 보이는 것일까. 진짜 이해가 안 된다. 신께서 공평하게 모든 인간에게 눈을 두 개씩 줬는데 말이다.

그런데 이것은 남편도 마찬가지다. 아들하고 똑같다. 아무리 말해줘도 못 찾는다. 이런 아들이 커서 누군가의 남편이 되니 계속 돌고 도는 것인지도 모르겠다. 미래의 내 며느리도 나와 똑같은 일을 겪을 생각을 하니 걱정이 된다. 엄마인 우리가 먼저 아들을 참교육해서 이 고리를 끊어야 한다. 워낙 역사와 전통이 깊어서 쉽진 않겠지만 말이다.

지인의 딸 이야기다. 지인의 딸은 우리 아들하고 동갑인데 하교후 남동생도 잘 보살피고, 자기 할 일도 얼마나 잘하는지 모른다. 엄마가 일하고 늦으면 동생 간식도 챙겨주고, 본인도 스스로 챙겨서 먹고 학원에 간다는 것이었다. 이렇게 딸 자랑을 하는데 부럽기도 하고, '역시 딸은 다르구나' 하는 생각이 들었다. 나이는 아들과 같아도 훨씬 더 어른스럽고 책임감이 있어 보인다.

엄마를 도와서 빨래도 널어주고, 빨래를 걷으면 같이 개기도 한다. 이것이 바로 딸 키우는 엄마의 보람일 것 같다. 엄마의 일을 도와주려고 하는 그 아름다운 마음이 벌써 감동 한 바가지다. 엄마를 같은 여자로 이해하는 마음이 있는 것 같다. 집안일을 잘해서가 아니라 작은 도움이라도 주려고 하는 예쁜 마음이 기특하다. 이래서 딸을 낳아야 한다고 그렇게 엄마들이 강력하게 외치는 것 같다.

딸들은 이렇게 엄마를 도와주려고 하는 존재이고, 아들은 정반대로 생각하면 된다. 애당초 도와주는 것은 생각도 안 해봤고, 제발 본인 옷이라도 세탁기에 넣어줬으면 하는 것이 간곡한 소원이다. 양말 한 짝이 없어서 방에 가서 찾아보면 침대 사이에 껴 있기도 하고, 침대 밑에 나뒹굴고 있든지 둘 중 하나다. 우리 집 세탁기가 그렇게 먼 곳에 있는 것도 아닌데, 아들에겐 그게 그렇게 힘든 일인가 보다. 잔소리하는 것도 이제는 한계에 이르렀다.

아들이 옷을 허물 벗듯 벗어놓고 학교에 가면 조용히 세탁기에 넣는 일이 일상이 되어버렸다. 어느 때는 양말이 공이 되어 있고, 어느 때는 발랑 뒤집혀 있고 아주 변화무쌍하다. 벗어놓은 옷은 징검다리 건너기를 할 수 있을 정도다. 본인은 아마도 이렇게 훌륭한 징검다리 공사를 했다는 것을 모르고 있을 것이다. 양말로 공을 만들고, 허물 벗은 옷으로 징검다리를 만드는 아들도 곧 우리 집 세탁기가 어디 있는지 찾을 수 있을 것이라 믿는다.

부모가 시키기 전에 알아서 척척 하는 것은 주로 딸들이다. 한마디로 잔소리가 별로 필요하지 않다. 아들들은 눈치도 별로고 문제가 발생하면 그때 하면 된다며 느긋하게 생각하는 스타일이다. 아들을 키우든, 딸을 키우든 일상에서 생기는 순간순간의 상황 속에서 우리는 지혜롭게 대처할 필요가 있다. 가끔 드는 생각이지만 자식을 먼 친척이나 손님으로 생각할 필요가 있다는 생각이 들기도 한다. 손님이 오면 잘 해줘야 한다. 이유 불문하고 말이다. 딸은 딸대로, 아들은 아들대로 잘해주면 된다. 지금은 그것이 최선이다.

엄마는 아들을
너무 모른다

나는 내가 우리 아들을 제일 잘 알고 있다고 생각하는 엄마였다. 왜냐하면 아빠보다 엄마인 내가 아들과 보내는 시간이 더 많으니 당연한 일이라 생각했다. 남편은 일찍 출근하고 퇴근 후 잠깐 아들의 얼굴을 보는 게 전부다. 반면 나는 오전 등교부터 밥을 챙겨 먹이고, 학교에 태워다 주며, 요즘은 하교 후 아들을 데리고 오기도 한다. 그리고 학원에 가기 전 간식도 챙겨주고, 학원에 갔다 오면 저녁밥까지 먹인다. 이 정도면 아들과 보내는 시간이 많은 편이라고 생각한다.

아들이 초등학생 때는 내가 아침밥만 챙겨주고 출근한 후, 퇴근하고 와야 아들의 얼굴을 볼 수 있었다. 그래도 중학생인 요즘은 아들을 더 많이 챙겨줄 수 있어서 감사하고, 조금이라도 더 소통할 수 있어서 좋은 것 같다. 물론 사실 말이 소통이지, 서로 불통일 때도 많다. 아들은 내가 이렇게 본인을 위해서 챙겨주는데 이것을 너무나 당연하게 여기는 것 같다. 부모라면 당연한 일이긴 한데 요즘은 내가 마치 아들의 '전담 매니저'가 된 것처럼 느껴진다.

비가 오는 날이면 아들이 비를 맞지 않도록 학교에 데려다주는 것도 좋고, 눈이 와서 추울 때면 아들을 데려다주는 것도 나의 일과이자 기쁨이다. 나의 학창 시절을 떠올려보면 비가 오는 날에 유난히 학교에 가기 싫었기에, 비가 오는 날, 아들을 학교에 데려다줄 때면 나의 학창 시절이 생각나곤 한다.

아들이 좋아하는 음식과 아들이 좋아하는 옷 스타일 등 나는 아들에 대해 대부분을 알고 있다고 생각했다. 하지만 그것은 나만의 착각이었다. 교복을 입는 아들은 평상복 입을 일이 별로 없어서 거의 옷을 사지 않고 넘어간 것 같다. 하루는 입을 옷이 없다며 옷을 사달라고 하길래 옷을 사러가기로 했다. 어릴 때는 내가 사준 옷을 그냥 입었지만, 아들도 이제 중학생이 되었으니 아들의 의견을 존중하기로 했다.

아들은 원래 심플한 스타일을 좋아해서 옷도 대부분 평범하다. 집 근처에 '아웃렛 쇼핑몰'이 있어서 같이 가기로 했는데, 전과 달리 그림이 그려져 있는 옷도 괜찮다며 비슷한 옷을 두 벌 샀다. 취향이 좀 바뀐 것 같은 생각도 들었지만, 우리는 빠르게 쇼핑을 마치고 맛있는 음식도 먹고 집으로 돌아왔다. 모처럼 아들이 딸처럼 느껴지는 기분 좋은 날이었다.

그런데 아들이 옷을 사달라고 한 이유를 알게 되었다. 그것은 바로 여자친구가 생긴 것이었다. '우리 아들한테 여자친구라니', 믿을 수 없는 이야기였다. 나의 끈질긴 질문 세례에 아들은 자신의 비밀을 털어놓았다. 너무 놀라서 나는 다시 물어봤고, 아들은 덤덤하게 그렇다고 대답했다. 그런데 한 번 더 놀란 것은 초등학생 때도 여자친구가 있었다는 것이다. 아들의 대답은 두 번 연속 엄청난 강력펀치를 나에게 날렸다.

아들에게 벌써 여자친구가 있다는 사실이 너무 믿어지지 않았고 어색하게만 느껴졌다. 여자라고는 엄마밖에 모르던 아들이 다른 여자에게 관심을 두다니 아무리 생각해도 충격이었다. 어떻게 감쪽같이 숨기고 말하지 않고 있었는지, 내가 모르는 아들의 비밀이 더 많이 있을 것만 같았다.

아들은 학교에 여자친구가 있는 아이들이 많다며, 여자친구 사귀는 것은 평범한 일이라며 방패를 쳤다. 여자친구는 같은 반 친구인 것도 알게 되었다. 요즘 아이들은 예전의 우리 때랑은 다르다는 생각이 들었다. 나는 놀란 마음을 진정시키고 남편이 퇴근하자마자 아들의 비밀이야기를 오늘의 핫뉴스로 들려주었다.

남편은 잘되었다고 웃으며 아들을 응원했다. 남편의 반응은 나와 달라서 또 한 번 놀랐다. 이미 알고 있었던 것일까? 그 짧은 순간 '아들이 나보다 아빠한테 먼저 말했나?' 하는 생각도 들었고, 남편의 반응에 잠시 어리둥절했다. 남편은 아들이 고등학교에 가서 여자친구를 사귀는 것보다 지금 사귀는 것이 더 낫다며 아들을 응원했다. 아니, 이 남자들이 진짜 둘이 한 편이다. 남편의 그다음 이야기가 더 웃겼다. "여자친구 예뻐?"

내가 모르는 아들의 비밀이 얼마나 더 있을지 궁금하지만 더는 물어보지 않기로 했다. 얌전하고 조용하던 아들이 이럴 줄은 정말 몰랐다. 내가 알고 있던 내 아들은 '빙산의 일각'이었다는 것을 뒤늦게 알게 되었다.

어릴 때 아들에게 세상에서 누가 제일 예쁘냐고 물어보면, 아들은 늘 "엄마"라고 대답했다. 아들의 대답에 나는 "정말?"이라고 물으며 둘이서 뭐가 그렇게 좋다고 손뼉을 치면서 웃었다. 나는 아들의 대답이 마냥 좋아서 그 말이 진짜인 줄 알고 살고 있었다. 아들 눈에는 '역시 나밖에 없구나' 하면서 말이다.

아들이 초등학교 3학년 때쯤이었다. 나는 아들의 나이는 생각하지 않고 주책없이 또 이 질문을 했다.
"아들, 세상에서 누가 제일 예뻐? 엄마지?"

"아니."

아니 이럴 수가? 아들이 나에게 반기를 들다니, 이것은 있을 수 없는 일이었다. 전에는 엄마가 세상에서 제일 예쁘다고 했으면서, 어떻게 이렇게 딴말을 할 수가 있단 말인가? 그런데 그다음 말은 더 기가 막혔다.

"엄마, 그 말 진짠 줄 알았어?"

나는 아들에게 뭐라고 할 말이 없었다. 그동안 엄마 행복하라고 이렇게 세심하게 배려해주다니, 아들이 나보다 더 고단수처럼 느껴졌다. 초등학생이 나보다 한 수 위라니 참담했다. 내가 고수님을 키우고 있었다.

그래도 아들의 귀여운 거짓말이 나를 몇 년 동안 행복하게 해주었다. 아들의 눈이 언제 진실을 알게 되었는지는 알 수 없지만, 그동안 얼마나 아들이 비밀을 말하고 싶었을까 하는 생각이 들었다. 엄마가 너무 좋아하니까 아들도 어쩔 수 없었나 보다. 중학생 아들에게 갑자기 물어보고 싶은 말이 떠올랐다.

"아들, 여자친구가 예뻐? 엄마가 예뻐?"

나는 아직도 아들을 너무 모른다.

좀 다정하게
말하면 안 되겠니?

언제부턴가 아들은 내가 질문하면 짧게 대답했고, 평상시 우리의 대화시간은 많이 짧아졌다. 아들과 대화할 때 나는 아들의 눈치를 봐야 했고, 아들은 본인이 더 '갑'처럼 행동할 때가 있다. 부모와 자식 간에 '갑'과 '을'을 나누기 그렇지만, 굳이 '갑'과 '을'을 따지자면 엄마인 내가 '갑'이고, 아들이 '을'이 되어야 한다. 그런데 아들과 나는 자주 '갑'과 '을'의 관계가 바뀔 때가 있다.

아들을 야단친다고 내 목소리가 커지면 아들은 '왜 저러는 거야?' 하는 눈빛으로 나에게 레이저를 쏘아대곤 한다. 원래 레이저는 '갑'이 쏘는 것이 맞다. 회사에서도 '해고'는 사장이 하는 것이지, 종업원이 하는 것은 아니다. 그런데 아들은 본인이 나에게 레이저를 쏜다고 본인이 '갑'인 줄 알고 있는 것 같다. 이것을 가지고 또 한마디 하게 되면 우리의 평화는 흔들리고, 휴전선이 무너질지 모른다는 예감이 들었다.

나는 목소리로 레이저를 쏘고, 아들은 눈빛으로 쏘고, 우리는 서로 무기만 안 쓴 것뿐이지 이것은 완전 전쟁이었다. 퉁명스러운 말투도 기분이 좋지 않지만, 퉁명스러운 눈빛은 더 기분이 좋지 않다. 어릴 때 생글생글 웃던 그 모습은 어디로 가고, 적군처럼 행동하는 아들의 모습이 굉장히 마음에 들지 않았다.

아들은 엄마가 먼저 말을 세게 하니까 본인도 그렇게 행동했다고 하는데, 도대체 어떻게 말해야 할지 참 어렵다. 내 목소리가 조금만 커지면 아들은 본인도 같이 삐딱하게 행동하는 것 같다. 엄마가 하는 모든 말이 본인에게는 듣기 싫은 소음이라고 생각하는 것처럼 보일 때가 있다. 아들의 '짧은 대답'과 '무대응'은 나를 더 조바심 나게 하고, 내 혈압을 올라가게 만드는 데 큰 역할을 하고 있다.

아들을 야단칠 때는 내 감정을 드러내지 말고 더 논리적으로 설득해야 한다. 그런데 그 순간에는 '논리'라는 것은 어디로 가버리고, 내가 하고 싶은 말이 그대로 나오고 만다. 엄마는 아이에게 말할 때 논리적으로 말해야 한다고 배운 적은 없다. 그래서 우리는 원래 하던 대로 그냥 말하곤 한다. 엄마의 말이 곧 그 집의 법이자 규범인 집이 많다. 그런데 그 법도 어느 정도 시간이 지나면 사라지는 시기가 오고야 만다.

아들과 하는 실랑이는 대충 이런 것이다. 시험 기간이 되면 "공부다 했어?"라고 질문하거나, "숙제는 다 했어?"라는 아주 일상적인 것들을 묻는다. 이러한 질문은 그냥 아들이 괜찮은지에 대한 관심과 걱정으로 물어보는 것인데, 아들의 대답은 퉁명스럽기만 하다. 다정하게는 아니어도 평범하게 이야기해도 되는데 톡 쏘아대니까 물어본 내 마음도 답답하고 서운하다.

사람의 말에는 힘이 있다. 그래서 같은 말도 조금만 어감이 달라지면 그 말은 사람을 기분 좋게 하기도 하고, 반대로 기분을 상하게도 한다. 아들은 엄마의 잔소리에 마음이 상했다고 하고, 엄마는 아들의 대답에 마음이 상했다고 한다. 자꾸 이런 대화를 하다 보면 서로에게 상처만 남기는 대화가 되고 만다. 내가 예민한 시기의 아들을 이해하지 못하는 것은 아니지만, 이런 식의 대화는 서로를 피곤하게 만드는 것 같다.

아들의 톡 쏘는 말대답은 내 마음을 아프게 하지만, 항상 지는 쪽은 엄마인 나다. 아들은 본인이 이겼다고 생각하는 것 같기도 하고, 아무 생각이 없이 그렇게 말하는 것 같기도 하고 도통 모르겠다. 다정한 말투까지 바라는 것도 아니다. 그냥 마음 상하지 않게 평범한 아들과의 대화를 원할 뿐이다.

내가 어쩌다가 단어라도 한 번 잘못 말하면 아들은 말꼬투리를 잡는데, 얼마나 얄미운지 모른다. 그래서 아들 앞에서는 더 말을 조심해야지 하고 다짐한다. 가끔 나는 '냉장고'를 '세탁기'라고 한다든지, '양말'을 '신발'이라고 잘못 말하기도 한다. 나도 모르게 이렇게 엉터리로 말이 나올 때가 있다. 왜 이렇게 말이 잘못 나오는지 나도 잘 모르겠다.

아들은 내가 이렇게 순간적으로 잘못 말하기라도 하면 구박 아닌 구박을 한다. 조금만이라도 말실수를 하면 아들은 먹잇감을 찾은 하이에나처럼 달려든다. 지금 이 하이에나가 내 아들이 맞나 하는 생각이 들기도 한다.

엄마라면 당연히 아이에게 잘못한 것이 있으면 말해주는 것이 맞다. 어릴 때는 예민하지 않아서 그런지 아들은 그냥 내 말에 잘 수긍하고 넘어갔다. 그런데 요즘은 '아들이 나에게 일부러 이러는 것은 아닐까?' 하는 생각이 들기도 했다. '아들이 크면서 엄마를 속상하게 하려고 일부러 말을 안 듣는 것은 아닌가?' 싶은 것이다. 물론 그렇지는 않겠지만 괜히 한 번씩 그런 생각이 들 때가 있다.

지인 중에 아이와 대화하던 중 아들이 공부를 그만하겠다고 선언까지 해버린 집도 있다. 엄마는 화가 나서 계속 잔소리했고, 그 집 아들은 학교에 안 다니면 공부를 안 해도 되니까 학교에 가지 않겠다고 했다는 것이었다. 일이 이렇게 번질 것이라고 생각도 하지 못했을 것이다. 요즘 아이들은 부모에게 이런 식으로 대응하는 경우가 있다. 그러다 보니 부모들이 쩔쩔매는 경우가 많이 있다.

엄마의 '공부하라'는 말 한마디에 학교를 그만 다닌다고 말한다는 것은, 부모를 협박하는 것이다. 본인에게 앞으로 공부하라는 말을 하지 말라는 엄포인 셈이다. 부모가 공부하라고 하는 의미를 아이들은 잘못 이해하고 있는지도 모른다. 아이들은 공부하는 것이 본인을 위한 것이 아니라, 부모를 위해서 하고 있다고 생각하고 있는지도 모른다. 공부하라는 것이 본인의 장래를 위한 것임을 아이들은 왜 모를까?

앞으로 학교에 가지 않겠다는 아들의 말을 들은 지인은 어이가 없어서 말이 나오지 않았다고 했다. 심지어 지인의 아들은 공부를 못한 것도 아니고, 공부도 나름 잘하는 편이었다고 한다. 엄마는 아무리 화가 나도 아들을 달래는 수밖에 없었다. 하지만 그 집 아들은 결국 학교를 그만두었다.

아들에게 이렇게 져주고 저렇게 져주니 엄마들이 '화병'이 안 날 수가 없다. 속에서 뭔가가 부글부글 끓고 있는 듯한 마음 상태로 계속 컴컴한 터널을 통과하고 있는지도 모른다.

아들의 상냥한 한마디의 말은 엄마를 미소 짓게 할 텐데, 아들들은 왜 거짓말이라도 상냥하게 말할 수 없는 것일까? 너무 솔직해서 거짓말을 할 수 없어서 그럴까? 아들은 왜 엄마에게만 공감 능력이 부족한 것일까? 친구들과는 서로 사이좋게 대화도 잘하고 공감 능력도 뛰어나던데, 엄마한테는 한 번 웃어주는 것이 왜 이리 힘들단 말인가?

엄마도 아들에게 다정하게 말하고 싶다는 것을 많은 아들들이 잘 모르는 것 같다. 세상에서 제일 소중하고 귀한 자식에게 '마귀할멈' 같다는 소리를 들어가면서 잔소리를 하고 싶은 엄마는 세상에 없다. 하지만 좋은 말로 하면 통하지 않는다. 그래서 우리가 '마귀할멈' 소리를 듣게 되는 것일까? 이번 생에 상냥한 아들을 기대하는 것은 아마도 어려운 일인 것 같다. 할 수 없이 나라도 상냥하게 말하고 평화를 유지하며 웃어야지, 어쩔 수 없는 것 같다. '마귀할멈' 같다는 소리는 안 듣고 싶으니까 말이다.

엄마보다 게임을
더 사랑하는 아들

아들을 키우는 집에서는 아마도 게임 때문에 속상한 일이 많이 있을 것 같다. 모든 문제의 원인은 게임으로 시작하고 끝난다고 해도 과언이 아니다. 만약에 게임만 하지 않았으면 아무런 문제가 없었을지도 모른다는 생각이 들기도 한다. 우리 집도 예외는 아니다. 우리 아들도 마찬가지로 게임을 향한 집념이 얼마나 대단한지 밥을 먹는 것도 양보하고 열중한다. 아들에게 게임이 없는 세상은 아마 상상할 수도 없을 것 같다.

초등학교를 졸업하자마자 아들이 갖고 싶어 했던 것은 바로 고성능 게임용 컴퓨터였다. 친구들도 모두 집에서 성능 좋은 컴퓨터로 게임을 하고 있다고 했다. 그동안은 핸드폰으로 줄기차게 게임하느라 핸드폰에 딱 붙어 있었는데, 중학생이 된 이후로는 컴퓨터에 딱 붙어 있다. 컴퓨터를 사고 나서 얼마나 좋아하던지, 그때의 표정은 지금도 기억이 난다.

컴퓨터를 사준 것까지는 좋았는데 그 이후 이렇게 컴퓨터에 중독이 될 줄은 몰랐다. 사실 컴퓨터를 사줄 때 예상하지 못한 것은 아니었지만, 이렇게 컴퓨터를 사랑할 줄 몰랐다. 친정 아빠는 손자에게 "무엇을 하든지 잘해야 한다"라고 말한 적이 있다. 그런데 그 말이 아들에게는 응원의 말로 들렸는지 '게임을 잘해야 한다'라고 생각하고 있었다. 이 상황을 어떻게 받아들여야 할지 정말 난감하기만 하다.

초등학교 때는 게임회사에서 전국에 있는 초등학생을 대상으로 주최한 경기에서 아들이 상품을 받은 적이 있다. 아주 엄청난 게임은 아니었지만 그래도 아들의 자부심이 대단했다. 이 정도로 게임을 좋아하고 잘하는 아들은 컴퓨터에 딱 붙어 있는 '게임 덕후'였다. 할아버지가 "무엇을 하든지 잘해야 한다"라고 했다면서 맨날 그 말을 하며 게임할 궁리만 한다. 아들은 '게임도 많이 해야 게임을 잘할 수 있다'라는 논리를 펼쳐가며 게임을 하고 있었다.

요즘 아이들이 하는 게임은 우리가 어릴 때 오락실에서 했던 게임과는 완전히 다르다. 나는 너무나 어지러워서 모니터 화면도 보기 힘든데, 아들은 뭐가 어지럽냐며 재미있다고만 했다. 게임은 갈수록 진화하고 있는데, 나는 아직도 오락실 게임만 알고 있는 옛날 사람이었다.

요즘 게임은 너무 어렵다. 내가 어릴 때 할 줄 아는 게임은 '테트리스'나 '보글보글'이라고 불리는 게임과 '갤러그' 정도였다. 내가 알고 있는 게임 수준은 딱 이 정도였다. 그러니 아들의 게임 수준은 아주 높다고 할 수 있겠다.

게임 중독은 남녀노소를 불문하고 부정적인 면이 크다. 장시간 게임을 하게 되면 시력 저하와 학습 의욕 상실 및 자세 불균형 등의 단점이 생긴다. 이러한 단점을 말해줘도 아이들은 아랑곳하지 않고, 게임에 열중하고 게임하는 데 많은 시간을 쏟아붓고 있다. 부모가 가장 걱정하는 부분은 공부를 소홀히 하고 장시간 게임을 하는 것이다. 공부보다 게임은 언제나 더 재미있다. 아이들이 시간 가는 줄 모르고 하는 것은 어쩌면 당연한 일인지도 모른다.

내가 아는 한 지인의 아들에 관한 이야기다. 그 집 아들은 중학교 때까지만 해도 거의 반에서 1등을 할 정도로 공부를 잘하고 말도 잘 들었다고 한다. 그런데 게임에 빠져 점점 공부를 소홀히 하더니 결국 일반고등학교에 진학하지 못하게 되었다고 했다.

그 아이는 첫째 아이인 데다가 공부도 워낙 잘해서 기대가 굉장히 컸는데, 게임 때문에 속을 썩이고 대학도 진학하지 못하게 된 것이다. 부모가 얼마나 속상했을지 상상이 되고도 남는다. 아무리 말을 해도 듣지 않고 혼을 내도 소용이 없었다고 했다. 부모가 결국 두 손 두 발 들고 고등학교라도 들어가라고 해서 겨우 고등학교에 다니게 되었다고 했다. 중학교만 졸업할 뻔한 아들을 겨우 고등학교에 진학시킨 것이었다.

게임 중독의 결말은 이렇게 무서운 것이었다. 이 지인의 이야기는 결코 남의 일 같지 않아서 나를 더 불안하게 만들었다. 왜냐하면 중학교 2학년인 우리 아들 역시 게임을 너무나 좋아하기 때문이다. '설마 우리 아들은 안 그러겠지?' 하고 생각하지만 그것은 아무도 모를 일이다. 어느 집도 예외일 수는 없다.

우리 집 아들은 게임을 하려고 밥도 제시간에 먹지 않고 다 식어서 먹는 일이 여러 번이었다. 처음에는 화도 내고 소리도 쳐봤지만 아무 소용이 없었다. 게임 공간 속에서 여럿이 게임을 하다 보면 아들 혼자서 빠져나올 수가 없다고 했다. 아들은 내가 본인의 게임을 방해했다며 오히려 나에게 화를 내기도 했다. 이것이 정말 무슨 상황인지 황당했지만, 이런 일이 몇 번 반복되니 어느 순간부터 나는 아들이 게임할 때 눈치를 보며 이야기했다.

맛있는 음식을 먹으러 가자고 해도 게임을 해야 해서 못 간다고 하고, 밖에 놀러 가자고 해도 집에서 게임을 하겠다고 고집을 피우는 일이 생기기 시작했다. 지난번에도 아들에게 꽃구경 가자고 했다가 단번에 거절당하고 말았다. 주말이면 집에서 꼼짝하지 않고 게임만 하며 지내는 아들이 답답해 보였다. 그래서 같이 나가서 바람도 쐬고 오자고 했지만, 나의 예상대로 아들의 대답은 '노'였다. 밖에 나가서 노는 것보다 집에서 게임하는 것이 훨씬 더 재미있다고 말하는데 할 말이 없었다.

엄마 옆에 딱 붙어 다니던 껌딱지 아들은 이제 없었다. 남편은 중학생은 원래 철이 없고, 고등학생이 되면 철이 조금 들고, 대학생이 되어야 사람이 된다고 말했다. 아들을 잘 이해해주려고 하는 남편의 모습이 나보다 더 인자해 보였다. 만약 남편까지 큰소리로 아들을 혼냈으면 우리 집은 아주 힘든 시간을 보내고 있을지 모른다.

가끔 컴퓨터를 치워버리면 아들이 게임을 하지 않고, 책도 더 많이 읽고, 공부도 할 것 같다는 생각이 들기도 한다. 하지만 이것은 순전히 내 생각이지, 실제로 컴퓨터를 치우면 어떤 우환이 닥칠지 생각만 해도 끔찍하다. 컴퓨터는 아들에게 좋은 친구이자, 스트레스를 풀어주는 소중한 무엇인 것 같다. 엄마, 아빠보다도 더 많은 시간을 컴퓨터와 친밀하게 보내고 있다. 아들의 마음을 빼앗은 컴퓨터 게임이 대단한 것 같기도 하다. 그나저나 컴퓨터 게임이 그렇게도 좋을까?

아들과 말하고 싶어도 겨우 짧은 대화만 할 때가 많다. 엄마랑 대화하는 것은 귀찮게 생각하는 것 같아 속상하지만 어쩔 수 없다.

내가 컴퓨터에 밀린 것이 확실했다. 물론 내가 아들과 온종일 놀아 줄 수는 없지만, 내심 아들이 너무 컴퓨터 게임만 열중하니 질투 아 닌 질투를 하게 되는 것 같다. 내가 기계를 질투하게 될 줄이야.

3장

엄마가 욕심을 버리면
아이가 보인다

아이의 자존감은
집에서 만들어진다

집은 우리가 일하고 돌아와서 쉴 수 있는 가장 편안한 장소다. 아이들도 마찬가지로 학교와 학원에 다녀와서 가장 편안한 차림으로 편안한 시간을 보내는 곳이 바로 집이다. 아무리 좋은 여행지에 다녀왔다고 해도 집에 돌아오면 알 수 없는 편안함이 느껴진다.

그런데 우리가 살아가고 있는 집도 집 나름이다. 어떤 집은 편안하지만, 반대로 사람을 너무나 불편하게 만드는 집도 있다. 여기서 불편한 집이란 그 집의 평수가 큰지, 작은지를 말하는 것이 아니다. 그 집의 분위기를 말하는 것이다.

우리는 가끔 아이들이 집이 너무 싫어서 집을 나간다는 뉴스를 보게 된다. 아이들의 마음을 일일이 다 알 수는 없지만, 얼마나 불편한 마음이었을지 어느 정도 짐작은 간다. '아이들이 어떻게 집까지 나갈 생각을 했을까?' 하는 안타까움이 든다. 하지만 가출한 아이들을 무작정 나무랄 수는 없다. 왜 나갔는지 그 이유를 어른들은 생각해볼 필요가 있다. 아이들에게는 가출의 이유가 반드시 있다.

가출한 청소년들의 가출 이유는 다양하지만, 공통된 점은 집에 있으면 마음이 불편하다는 것이었다. 어린아이들이 과연 무엇이 그렇게 불편했을까? 이것은 어른들이 곰곰이 생각해볼 문제다. 집은 아이들에게 가장 편안한 곳이어야 하는데 무엇이 문제였을까 싶다. 결국 아이들은 마음이 편하지 않아 가출이라는 결정을 한 것이다. 처음부터 가출하고 싶은 아이는 한 명도 없을 것이다.

그런데 가만히 생각해보면 평범한 아이들도 청소년기가 되면 거실에조차 잘 나오려고 하지 않는다. 자기 방에 꼼짝하지 않고 오랫동안 거기서만 논다. 자기만의 공간에서 방해받지 않고 자유롭게 놀고 싶은 마음에 방문을 굳게 닫는 것이라고 어른들은 생각한다. 자신의 마음을 방해받고 싶지 않고 놀고 싶은 것이라는 것도 알겠다. 그런데 진짜 집을 나가는 것도 가출이지만, 이렇게 방문을 닫고 노는 것도 일종의 자기 보호 차원의 가출이 아닌가 싶기도 하다. 자기만의 동굴에서 누구의 간섭 없이 놀고 싶은 그런 마음 말이다.

아이의 마음을 읽고 그 마음을 어루만져주는 일만큼 어려운 일도 없다. 어릴 때 아이들은 엄마가 하는 대로만 따라 하면 모든 것들이 다 즐겁고 좋았다. 큰 불만도 없었고, 서로 큰 갈등 또한 없었다. 그런데 아이는 성장하면서 본인의 세계가 형성되고 고집이 생긴다. 그러면서 아이들은 서서히 엄마를 적군이라고 생각하기 시작한다. 어떻게 아군을 적군이라고 판단하는지 아무래도 이마에 '나는 너와 같은 편'이라고 쓰고 다녀야 할 판이다.

아이의 행동 하나하나에 엄마들은 잔소리를 늘어놓는 경우가 대부분이다. 당연히 아이들은 엄마의 잔소리가 듣기 싫을 것이고, 엄마는 또다시 반복하게 되는 일상이 계속 이어진다. 잔소리가 시작되면 엄마의 목소리에는 이미 짜증이 잔뜩 섞여 있다. 잔소리는 뭔가 부정적인 것을 바로잡기 위해서 하는 말이기 때문에 상대방은 듣기가 싫어진다.

아이의 자존감은 하루아침에 만들어지는 것이 아니다. 아주 어린 시절부터 차곡차곡 쌓인 감정과 정서가 자라 자존감이 만들어진다. 어떤 가정환경과 어떤 부모에게 교육을 받고 자랐는지가 아이의 자존감을 결정한다. 화목한 가정에서 자란 아이와 그렇지 못한 환경에서 자란 아이는 분명 차이가 있다. 또한 어릴 때 칭찬을 많이 받고 자란 아이와 칭찬을 아예 받지 못하고 자란 아이는 차이가 난다.

자존감이 약한 아이가 있고, 반면 자존감이 아주 높은 아이도 있다. 자존감이 낮은 아이는 자신감이 없어 보이고 매사에 소극적인 자세로 행동할 때가 많다. 그리고 신경질적인 태도로 반응할 때도 많다. 반대로 자존감이 높은 아이는 자신감이 넘치고, 잘 웃으며, 긍정적인 자세로 행동할 때가 많다. 배려심도 많고 말도 예쁘게 한다.

한 예능 프로그램에서 중학생 아들이 있는 집이 방영된 적이 있었다. 그 중학생인 아들은 엄마를 얼마나 좋아하는지 시청자인 내가 봐도 너무나 사랑스러운 아들이었다. 엄마가 해주는 모든 것을 감사하게 여기고, 엄마에게 고마워할 줄 아는 마음이 예쁜 중학생이었다. 유머 감각도 있어서 엄마를 웃게 해주었다. 좋은 면만 보여줘서 그런 것인지 몰라도 참 아들을 잘 키운 것 같았다. 아이는 자신이 공부는 못한다고 했지만, 자존감과 자신감은 누구보다도 훌륭했다.

집에서 부모와 자녀 사이가 좋으면 웃음소리가 밖에까지 들린다. 웃음소리가 들리는 집의 아이들은 밝고 긍정적이다. 하지만 싸우는 소리가 들리는 집의 아이들에게서는 어둡고 웃음기 없는 표정이 자주 보인다. 굳이 그 집의 문을 열고 들여다보지 않아도 보이는 것이 그 집안의 분위기다.

아이를 잘 키우고 싶은 부모의 마음은 모두가 다 같을 것이다. 아이를 키우는 곳은 결국 우리 집이고, 아이를 훌륭하게 잘 키우는 것도 부모의 몫이다. 아이가 잘못하면 옛날 어른들은 집에서 가정교육을 잘못 받아서 그렇다고 말하기도 한다. 모든 문제의 원인을 그 집의 어른과 그 집의 가정교육에 있다고 본다. 그만큼 가정에서 이루어지는 모든 교육은 다른 누군가에게 평가를 받는다. 그래서 가정교육은 여전히 민감하고 중요한 일이다.

내 아이의 자존감을 높게 만드는 것도 부모고, 내 아이의 자존 감을 낮아지게 만드는 것도 부모다. 한마디의 말이 사람 기분을 좋 게도 만들고, 나쁘게도 만든다. 과연 나는 아이의 자존감을 높이는 부모인지 한번 살펴볼 필요가 있다. 나의 말 한마디로 아이의 마음 속을 날카롭게 찌르지는 않았는지 생각해봐야 한다. 엄마의 부정적 인 말투로 아이는 상처받고 아파하고 있다. 내 아이가 낮은 자존감 을 가진 아이로 자라고 있는지 살펴봐야 한다.

누군가를 칭찬하는 것은 돈이 들지 않는다. 하지만 의외로 칭찬 에 인색한 부모들이 많다. 칭찬은 아이의 자존감을 높여줄 수 있는 가장 쉬운 방법이다. 작은 칭찬이 모여서 아이를 행복하게 하고, 그 칭찬이 쌓여서 높은 자존감을 가진 아이로 자라게 만든다. 하지만 그렇게 쉬운 칭찬이 어려워서 자꾸 오해와 갈등이 생기는 것이다. 엄마는 늘 잔소리꾼이고 칭찬에는 인색한 무서운 마녀로 지금까지 오해받고 있는지도 모른다.

자존감이 높은 아이는 엄마가 원하는 대로 공부를 더 잘할 가능 성이 있고, 자존감이 낮은 아이는 엄마가 그렇게도 싫어하는 공부를 못하는 아이가 될 확률이 높다. 어떤 아이로 키우고 싶은지 굳이 말하지 않아도 우리는 모두 자존감 높고 공부 잘하는 아이로 키우고 싶어 할 것이다. 그런 아이로 키우고 싶다면 엄마가 칭찬을 입에 달고 살아야 한다. 그러면 아이의 자존감은 자동으로 보너스처럼 따라올 것이다.

하지만 우리가 이것을 몰라서 안 하는 것은 아니다. 어떻게 해야 하는지 다 알아도 안 되는 것이 문제다. 우리가 문제집이 없어서 서울대에 못 간 것이 아니다. 서울대에 가려면 어떻게 해야 가는지 방법도 알고 있다. 다만 그렇게 행동하지 않아서 가지 못했을 뿐이다.

우리 아이의 자존감을 높이는 방법을 알았다면 이제 남은 것은 엄마의 신속한 행동이다. 엄마의 실천으로 우리 아이의 자존감을 확실하게 높여주자. 자존감 높은 아이, 우리도 만들 수 있다.

엄마는 아이를
믿고 지켜본다

아들은 초등학교 저학년 때, 친구가 다니는 교회에 함께 다녔다. 친구를 만나기 위해 가는 목적이 더 큰 것 같지만, 어쨌든 나는 아들을 교회에 데려다주었다. 하루는 교회 선생님에게 전화가 왔는데 지난주에 아들이 오지 않았다는 것이었다. 분명히 내가 교회 앞까지 데려다주었는데 무슨 영문인지 이상해서 아들에게 물어봤다. 그런데 아들은 교회에 들어가는 척하다가 그냥 나와버렸다고 했다. 아들이 솔직하게 이야기해서 별말은 하지 않았지만, 나는 아들의 행동에 약간 놀랐다.

내가 알고 있던 평소의 아들 모습이 아닌 것 같았다. '그럴 만한 이유가 있었겠지' 하는 생각이 들면서도 이유가 궁금했다. 아이는 원래 교회에 다니던 친구가 계속 결석을 하니 본인도 가기가 싫었다고 이야기했다. 나는 그 말을 듣고 뭐라고 혼낼 말이 없었다. 엄마를 속이고 교회에 가는 척하는 것은 나쁜 일이지만, 아들의 행동이 전혀 이해가 안 되는 것도 아니었다. 하지만 바늘 도둑이 소도둑이 되고 거짓말도 하다 보면 더 큰 거짓말을 하게 된다. 앞으로 아들의 행동을 더 유심히 살펴봐야겠다는 생각이 들었다.

아이들이 어릴 때 흔하게 하는 거짓말은 숙제와 관련이 있다. "숙제는 다 했어?"라는 질문에 "다 했어"라고 한다든지, "숙제가 없다"라고 한다든지 하는 것이다. 평소에 우리 아들은 숙제가 있으면 잘해놓는 편이지만 한 번씩 나에게 걸릴 때가 있다. 원래 거짓말을 할 때는 안 걸릴 것만 같지만 언젠가는 걸리게 되어 있다.

아들은 그 당시 학원에 다니지 않고 집에서 온라인으로 공부하고 있었다. 그리고 온라인으로 학습하면 담당 선생님이 공부한 내용을 상담하기 위해 전화했다. 처음에는 아들이 성실하게 잘하고 있다는 상담 전화를 받았다. 그런데 점점 아들이 문제 풀이도 해놓지 않고 빠지는 부분이 많다며 선생님에게 전화가 왔다. 잘하고 있는 줄로만 알고 있었는데, 나의 감시가 소홀해진 틈을 타서 대충 하고 있었던 것이다.

온라인 상담 선생님의 첩보로 아들의 상황을 알게 되었으니, 아들과 2차 상담을 할 수밖에 없었다. 왜 갑자기 온라인 학습을 제대로 안 했냐고 물어봤더니 재미가 없어서 하기가 싫다고 대답했다. 나는 또다시 말문이 막혔다. 재미가 없어서 하기 싫다는데 뭐라고 할 말이 없었다. 물론 공부가 재미있어서 하는 사람이 어디에 있냐고 목청을 높일 수도 있었지만 그렇게 하지 않았다.

결국 재미없는 온라인 수업은 중단했고 아들과 함께 다른 방법을 찾아보기로 했다. 아들은 직접 선생님과 만나서 하는 수업을 하고 싶다고 했고, 선생님을 만나려면 학원이 정답이라는 생각이 들었다. 영상 속에서 이야기하는 선생님보다 직접 보고 들을 수 있는 선생님을 만나고 싶다고 했다. 그런데 아들의 속셈은 따로 있었다. 아들은 친구들이 다니고 있는 학원에 가고 싶었던 모양이었다. '친구 따라 강남 간다'더니 우리 아들이 그 속담의 주인공이었다. 학원은 학교 근처에 있는 학원이었다.

그 후 아들은 친구들과 신나서 학원에 다녔다. 본인이 싫은 것은 싫다고 말하며, 시키는 대로 억지로 하지 않은 아들이라 다행이라는 생각도 들었다. 어른도 마찬가지지만 아이들도 가끔은 자기가 하기 싫은 일을 억지로 해야 한다는 것쯤은 알고 있다. 아침에 일찍 일어나 학교에 가기 싫어도 가야 하고, 놀고 싶어도 숙제는 꼭 해야 하는 거역할 수 없는 그 규칙을 아이들도 알고 있다.

나는 나의 어린 시절을 떠올리며 내가 하기 싫었던 것은 아들에게 강요하고 싶진 않았다. 특히 공부에 관한 부분은 최대한 자율성을 주려고 하는 편이었다. 공부가 최고라며 아들에게 압박을 주기 싫었고, 본인이 해보고 싶은 것이 있으면 우리 집 형편에 맞게 해보라고 하는 주의였다. 내가 어릴 때는 우리 집 형편상 피아노 학원에 다닐 수가 없었다. 친구들이 피아노 학원에 다니는 것을 보면 나도 학원에 다니고 싶다고 생각을 했던 것 같다.

하지만 내 기억에 나는 엄마한테 크게 조르지도 않았던 것 같다. 그냥 마음속으로만 피아노 학원에 다니는 아이들을 부러워했던 것 같다. 내가 철이 너무 일찍 들었는지도 모르겠다. 길을 지나다가 괜히 손가락을 움직이며 피아노를 치는 흉내를 내보기도 했던 것 같다. 엄마에게 졸랐으면 보내줬을지도 모르는데 내가 너무 소극적으로 행동했는지 모르겠다. 만약 그때 피아노를 배웠으면 지금 피아노 생각은 안 났을지도 모른다.

나에게 한으로 남았던 피아노를 아들에게 가르치기 시작했다. 아들은 피아노도 친구를 따라다니면서 나름 즐겁게 배웠다. 아들은 작은 손가락으로 피아노를 제법 잘 쳤다. 어리지만 피아노 대회도 나가서 연주도 해보고, 대회에서 주는 형식적인 상도 받아왔다. 나의 한을 제대로 풀어주었다. 아들이 받은 상이 마치 내가 받은 것처럼 기쁘고 행복했다. 또 아들은 태권도도 배우면서 다양하게 예체능 활동을 경험했다.

아이를 키우다 보면 이런 일, 저런 일로 하루하루가 변화무쌍하게 지나간다. 때로는 아이가 속을 썩이기도 하고, 기쁘게 하기도 하고, 아프기도 해서 병원에 가기도 한다. 성장하는 과정에서 여러 가지 상황들이 발생한다. 아이가 속을 썩인다고 해서 계속 그러는 것도 아니고, 맨날 아프기만 한 것도 아니다. 그리고 그날그날 일어나는 일들은 예측 불가능하다. 오늘 무슨 일이 일어날지는 그때가 되어봐야 알 수가 있는 것이다.

어릴 때 속 썩인 아이가 커서도 그런다는 보장은 없다. 그리고 어릴 때 착하고 말 잘 듣는 아이가 모두 잘되는 것도 아니다. 오히려 말도 안 듣고 말썽만 피우던 아이가 잘된 이야기를 들어본 적 있을 것이다. 그렇다고 말썽을 피운 아이가 다 잘된다는 것은 아니다. 아이들의 미래는 이렇듯 알 수가 없다.

내가 아는 친척분의 이야기를 해보려고 한다. 그 친척분에게는 동네에서 제일 말도 안 듣고, 공부도 못하고, 말썽만 피우면서 늘 콧물을 흘리던 동창생이 있었다고 한다. 그런데 어느 날 동창회를 한다고 해서 모였는데, 그 동창생이 과거와는 다르게 굉장히 멋있게 꾸미고 나타났다고 했다. 어린 시절 모습만 기억하고 있었는데, 너무나 변한 모습에 모두 놀랐다고 한다. 그는 돈을 많이 벌어서 부자로 잘살고 있다고 한다.

미래는 되어봐야 알 수 있는 것이다. 우리 아이의 지금 모습만 바라볼 것이 아니다. 아이가 꼼수를 부려서 당장 공부를 안 한다고 해서 커서 뭐가 되려고 이러느냐며 잔소리할 필요가 없다. 부모인 내가 지금 걱정한다고 해서 우리 아이의 미래가 결정되는 것도 아니기 때문이다. 부모가 아이의 미래를 계획한다고 해서 꼭 그렇게 되리라는 보장도 없다.

지금은 아이를 믿고 지켜보는 것이 최고의 방법이다. 아이가 서툴면 서투른 대로 봐주면 되고, 잘하면 잘하는 대로 칭찬해주면 그것으로 족하다. 지금 당장은 뭔가 대단한 일을 할 수 있는 때가 아니다. 지금은 더 잘 자랄 수 있도록 옆에서 도와주고 지켜봐주는 것이 엄마가 해야 할 가장 중요한 일이다. 무언가를 잘해야 한다고만 하지 말고, 뭘 하고 싶은지 항상 물어보는 엄마의 사랑이 필요하다.

엄마 말 안 들으면
큰일 난다고?

　엄마 말이 곧 법이고 진리인 집은 아이들이 엄마 말을 잘 듣는다. 그런 집에서는 엄마의 눈빛이 모든 것을 제압해버리는 엄청난 힘을 자랑한다. 아이들은 본능적으로 엄마의 말에 집중하고 엄마의 말에 절대적으로 순종하기도 한다. 마치 엄마 말을 듣지 않으면 큰일이 일어난다고 생각한다. 그런데 사실 엄마 말을 안 듣는다고 해서 큰일이 일어나지는 않는다. 다만 아이들이 어릴 때는 이 사실을 모르기 때문에 가능한 일이다.

　아이들을 통제하고 집안의 질서를 잡으려면 누군가는 무서운 역할도 해야 하고 군기도 잡아야 한다. 그 역할을 엄마가 할지, 아빠가 할지 정하면 된다. 역할을 정하는 것은 그리 오랜 시간이 걸리지 않는다. 왜냐하면 거의 자동으로 엄마가 군기반장을 하게 되기 때문이다. 대체로 엄마는 군기를 잡고 아빠는 오락부장을 하게 된다. 물론 아빠가 군기를 잡는 집도 있지만, 대부분은 엄마가 더 앞장서서 아이들의 질서를 잡는다.

우리 집도 오락부장은 아빠가 하고 있다. 그렇다고 내가 군기반장인 것은 아니다. 아이를 너무 주눅 들게 키우기 싫어서 군기를 잡거나 통제하는 것을 별로 하고 싶지 않았다. 남편의 오락부장 역할도 명칭만 거창할 뿐, 사실 아들과 간단한 대화를 하는 정도다. 그리고 미소를 지어주는 게 전부다. 그래서 일단 군기 아닌 군기는 내가 잡아야 한다.

아들 친구들의 엄마는 나보다는 더 엄격한 편인 것 같았다. 아들은 내가 친구들 엄마보다 덜 무섭다고 말한 적이 있다. 그리고 잔소리도 덜 한다며 엄마가 제일 좋다고 말하기도 했다. 나는 지금까지 아들을 엄격하게 대하지 않고 키웠다. 나 역시 어릴 때 엄격한 분위기에서 자라지 않았기 때문인지 몰라도 너무 답답한 분위기를 만들고 싶지는 않았다. 엄격하게 아이를 키운다는 말은 나에게 거부감이 들게 한다.

언젠가 아들 친구 중 한 명이 같이 놀기로 했는데, 그 친구가 도착하지 않아서 아들은 다시 그 친구에게 연락했다. 그런데 놀기로한 친구가 숙제를 끝까지 마무리를 못 해서 엄마가 집으로 다시 돌아오라고 했다는 것이었다. 한 문제를 빼먹고 풀지 않아서 다시 풀어놓고 놀러 가라고 했다는 거였다. 그 엄마는 엄청 꼼꼼하고 정확한 성격이었다. 그리고 그 친구는 초등학생 때도 학원을 빼먹고 안 가고 싶다고 말하면, 엄마한테 혼난다며 철저히 학원에 가는 그런 아이였다.

한번은 그 아이가 친구들과 놀고 싶은 마음에 딱 하루만 학원에 빠지면 안 되냐고 물어봤다가 엄마에게 혼이 나고 다시 학원에 가야만 했다고 한다. 그 아이의 집에는 감시카메라가 설치되어 있었고, 그 친구의 엄마는 아들이 공부하고 있는지 아닌지 수시로 확인한다고 했다. 그래서 그 친구가 조금만 흐트러지면 엄마가 바로 전화를 한다는 것이었다. 아들에게 그 이야기를 듣는 내내 내가 다 숨이 막혔다.

나 역시 일을 하는 엄마였고, 워킹맘들의 마음을 모르는 것은 아니었지만, 아이가 너무 감시당하고 있다는 느낌이 들었다. 날마다 엄마가 카메라로 자신을 감시하고 있다고 생각하면, 아이도 공부하는 시간이 그저 즐겁지 않을 것이다. 공부는 당연히 해야 하는 것이라고 해도 감시까지 받으면서 하는 공부가 기분 좋을 리는 없다. 그리고 그 감시자가 엄마라고 해도 그것을 좋아하는 아이는 없을 것이다. 엄마의 말은 무슨 일이 있어도 지키고, 엄마의 말을 무조건 듣던 그 친구는 지금도 엄마 말을 안 들으면 큰일이 난다고 생각한다.

사실 엄마의 말을 안 듣는다고 해서 큰일이 나는 것은 아니다.

하지만 엄마의 말이 전부인 어린 시절은 엄마가 정해준 규칙을 잘 따르는 편이다. 너무 엄격한 규칙은 엄마도, 아이도 힘들긴 마찬가지다. 그 규칙을 따르는 아이는 엄마의 말을 잘 듣기 위해 억지로 노력할 것이고, 엄마는 계속 아이를 감시해야 하니 서로가 힘들다.

아들의 친구 중에는 여름방학이 되면 수학 공부를 하기 위해 친척 집으로 가는 친구가 있었다. 처음에는 엄마가 가라고 해서 아무것도 모르고 갔지만, 나중에 들은 이야기지만 다음에는 절대로 가고 싶지 않았다고 했다. 친척들이 아무리 잘해준다고 해도 부모와 함께 사는 집보다 훨씬 불편할 것이 분명하다. 공부가 아무리 중요하다고 해도 아이 혼자 친척 집에 가서 공부하며 지내는 것은 쉬운 일이 아니다.

아들 친구는 엄마에게 친척 집에 가고 싶지 않다고 말하고 다음 해에는 가지 않았다고 했다. 어떻게 그런 용기를 내서 말했는지 정말 가기 싫었던 모양이다. 엄마가 시키는 것이 반드시 맞는 것도 아니고, 또 엄마 말을 안 듣는다고 해서 큰일이 나는 것도 아니다. 그리고 또 친척 집에 안 간다고 수학을 못 하는 것도 아니다. 역시 엄마 말을 안 들어도 큰일은 나지 않았다.

엄마가 규칙을 정해서 그 규칙을 따르게 하는 데는 이유가 있다. 그것은 사실 엄마가 좀 더 편하게 아이를 통제하기 위함이다. 규칙이 있어야 아이도 할 일을 잘할 수 있고, 엄마의 가이드 아래 잘 성장할 수 있다. 아이들이 잘 모르는 비밀이지만, 이런 규칙은 어느 집이나 존재한다.

우리 아들은 딱히 엄마 말을 잘 안 듣는 편은 아니었지만, 아들이 유일하게 하기 싫어하는 것이 있었다. 바로 운동하는 것이다. 아들이 몸이 마른 편이라서 운동을 하면 좋을 것 같다고 생각했다. 그래서 아들에게 운동을 권유했고 아들은 억지로 하는 척했지만 오래가지 못했다. 뭔가 진득하게 해서 본인의 것으로 만들면 좋겠다고 생각했지만, 아들은 말을 듣지 않았다.

어느 날은 아들이 농구가 하고 싶다고 해서 친구들과 함께 '어린이 농구 교실'에 다닌 적이 있었다. 웬일로 아들이 먼저 운동을 하고 싶다고 말해서 놀랐다. 하지만 '어린이 농구 교실'도 얼마 되지 않아서 그만두었다. 더 다니라고 몇 번 이야기해봤지만, 아들은 다니기 싫다고 했다. 아들은 운동을 창대하게 시작하지만 마지막은 늘 흐지부지 끝냈다. 아들은 운동만 하자고 하면 싫다며 내 말을 듣지 않았다.

아들은 엄마의 말을 듣지 않아도 된다고 이미 알고 있었는지도 모르겠다. 아들 친구들과는 조금 달랐다. 내가 너무 편하게만 대해 줘서 엄마의 권위가 없는 것은 아닌가 하는 생각도 들었다. 사실 엄마가 시킨다고 그것을 반드시 해야만 하는 것은 아니다. 하지만 아이들은 엄마가 하라고 한 것을 하지 않으면 혼난다고 생각한다. 또 반대로 엄마 말을 잘 들으면 칭찬을 받는다는 것도 알고 있다. 때로는 아이들이 엄마보다 한 수 위인 것 같기도 하다. 엄마의 생각을 이미 읽고 있는 것처럼 말이다.

오늘 비록 엄마의 말을 듣지 않아도 지구의 종말은 오지 않는다. 나는 요즘 아들이 점점 커갈수록 어릴 때 말 잘 들었던 모습만 자꾸 떠오른다. 중학생이 되고 나서는 점점 엄마 말을 듣기 싫은 잔소리 정도로 생각하는 아들이다. 그리고 그냥 대충 흘려들어도 된다고 생각하는 것만 같아 서운하기만 하다. 엄마의 말이 절대적인 것은 아니지만 가끔은 좀 들어주면 안 되겠니? 아들! 운동 좀 하자!

아이도 엄마의 감정을 읽을 줄 안다

대한민국 엄마들은 자식의 행복과 성공을 바라며 자녀를 키운다. 자신을 희생하고 오로지 자식이 잘되는 것에 중점을 두고 살아가고 있다고 해도 과언이 아니다. 자식을 위해 맛있는 음식을 준비하고, 자식을 위해 엄마의 시간을 희생하며 아이들을 키운다. 자녀의 사소한 것부터 시작해서 큰 것까지 엄마의 손길이 미치지 않은 것이 없을 정도다.

맞벌이 부부가 많은 요즘은 엄마는 퇴근을 한 후, 집안일까지 하느라 하루 24시간이 부족하게 느껴질 지경이다. 엄마는 당연히 자식을 위해 희생해야 한다고 생각하고, 엄마니까 원래 그렇게 해야 한다고 엄마가 된 순간부터 '엄마 시스템'이 작동한다. 이 '엄마 시스템'이 작동하면 자기 자식에 대한 사랑을 강요하지 않아도 사랑이 흘러넘친다. 엄마라는 이름의 무게가 엄마를 이렇게 만드는 것이다.

'엄마 시스템'이 작동하는 순간부터 엄마는 사라지고 자식이 1순위가 되어버린다. 왜 어머니가 짜장면이 싫다고 했겠는가? 어머니도 짜장면을 좋아하고 배고프면 곱빼기도 먹을 수 있다. 하지만 자식을 위해 아낌없이 짜장면을 내어주는 거다. 엄마의 사랑을 짜장면 한 그릇에 비교할 순 없지만, 엄마라는 이름으로 자식에게 짜장면을 양보하는 것이다.

하지만 가끔은 엄마도 사람인지라 감정이 올라올 때가 있다. 엄마는 항상 웃어야만 하는 존재가 아니다. 겉으로 봐서는 모르겠지만 엄마도 나름대로 힘든 감정을 가득 안고 살아간다. 그래서 엄마도 소리도 지르고, 화도 내며, 엄마의 감정을 아이한테 표현할 때가 있다. 그렇다고 아이에게 무작정 화풀이를 하는 것은 안 되겠지만, 엄마도 감정이 나오는 타이밍이 있다. 아이가 말을 안 들을 때가 바로 그 타이밍이다.

아이들도 엄마 기분이 좋은지, 안 좋은지 귀신같이 안다. 엄마의 얼굴에 '지금 화났다'라고 표정으로 보이기 때문이다. 바보가 아닌 이상 금방 알 수 있다. 엄마의 목소리 톤도 금방 달라진다. 화가 나면 엄마의 목소리는 두 가지로 나뉜다. 하나는 날카로운 하이톤의 목소리고, 다른 하나는 무섭게 울리는 중저음의 목소리다. 하이톤의 목소리보다 중저음이 더 무섭다는 것을 아이들은 거의 다 알고 있다.

엄마의 중저음 목소리에 아이들은 자기 할 일을 척척 찾아서 한다. 그럴 때도 눈치가 없으면 답이 없다. 혼이 나는 수밖에 없다. 하지만 대부분은 본능적으로 몸을 사리고 엄마의 심기를 거스르지 않기 위해 조심조심한다. 엄마의 중저음 목소리가 때로는 무질서의 세계를 질서의 세계로 조용히 만들기도 한다.

아이들은 부모의 모습을 보면서 배우고 자란다고 한다. 가정환경이 어떠했는지에 따라 아이가 커가는 모습도 달라진다. 아이는 부모의 모습을 보고 모방하면서 자란다. 부모의 폭력적인 모습을 많이 보고 자란 아이는 자신도 모르게 친구들을 괴롭히는 아이가 되기도 하고, 폭력적인 아이로 자라게 될 확률이 높다. 아이는 부모의 모습과 감정을 닮아가는 존재다.

사람이라면 누구나 감정을 갖고 태어나고 그 감정을 표현할 수 있다. 그래서 아이는 아이대로 감정을 표현하고, 엄마는 엄마대로 감정을 표현한다. 사람의 감정은 표현하기 때문에 서로 금방 알아차릴 수가 있다. 아이가 엄마의 눈치를 보는 것은 엄마의 감정 상태를 알았기 때문이다. '지금은 내가 말을 잘 들어야 하는 타이밍이구나'라고 눈치가 빠른 똘똘한 아이들은 안다. 이렇게 아이도 엄마의 감정을 알아차리고 행동하기도 한다.

집안의 분위기가 좋은 집에서 자란 아이는 성격도 밝고 활발하지만, 반대로 집안 분위기가 어두우면 아이도 그 분위기를 따라가기 마련이다. 아이가 바르게 잘 자라기를 바라는 것은 모든 부모의 마음이다. 아이가 부모의 눈치를 보며 살기를 바라는 부모는 없다. 모든 부모가 건강한 마음과 감정을 가진 아이로 키우고 싶을 것이다.

엄마가 뭔가 불안을 느끼면 아이도 따라서 불안해한다. 엄마의 감정은 그렇게 그대로 아이에게 전달된다. 임신했을 때 맛있는 음식을 먹으면서 엄마들은 이렇게 말하곤 한다.

"이것은 내가 먹는 게 아니야. 우리 아기가 먹는 거야."

그리고는 엄마가 스트레스를 받으면 아기도 스트레스를 받는다고 하면서 엄마는 행복한 자유를 얻기도 한다. 엄마와 아기는 이미 배 속에서부터 끈끈한 감정의 고리로 연결되어 있다.

엄마가 아프면 아이도 힘이 없고 엄마 걱정에 아이의 표정도 슬퍼 보인다. 내가 예전에 몸살감기로 심하게 아팠을 때 아들은 내 걱정에 금방이라도 울 것 같았다. 아들은 작은 손으로 내 다리를 주물러주기도 했다. 그리고 아들은 어버이날이면 '항상 건강하게 오래오래 사세요'라는 말을 편지에 썼다. 지금은 편지 구경도 못 하지만 어릴 때는 그랬다. 감정은 항상 쉽게 전염되는 '전염병' 같은 것이다.

감정이 전염병 같은 것이라면 우리는 더욱 주의할 필요가 있다. 전염병은 조금만 부주의해도 금방 옮을 수 있어 위험하다. '코로나'

의 전파력은 가히 상상을 초월했다. '코로나'만큼이나 강력한 전파력을 가진 것이 바로 이 감정이라는 것이다. 부모의 감정은 그만큼 빠르게 아이에게 전염된다는 것을 우리는 항상 기억해야 한다.

아이가 어리다고 감정을 잘 느끼지 못하는 것은 아니다. 아이들은 로봇이 아니다. 부모 앞에서 바로 표현만 하지 못할 뿐이다. 엄마의 행동과 말투는 아이에게 그대로 전달되고, 아이는 그것을 그대로 따라 할 확률이 높다. 평소에 엄마가 욕을 잘하면 아이도 친구와 놀 때 자연스럽게 욕을 하게 되는 것이다. 엄마의 말투도 아이에게 아주 빠르게 전염된다. 이상하게도 나쁜 것은 좋은 것보다 전파 속도가 더 빠르다.

엄마가 감정을 잘 다스려야 아이도 건강한 감정을 표현하는 아이로 키울 수 있다. 아이는 매 순간 엄마의 감정을 읽고 있다. 엄마가 하는 아주 작은 사소한 습관과 말까지도 말이다. 그만큼 엄마도 아이에게 좋은 모습을 보여줘야 한다. 아이가 불안해하는지, 아니면 걱정하고 두려워하는지 늘 살필 줄 알아야 한다. 엄마와 아이가 서로를 살피다 보면 좋은 영향을 주고받을 수 있다.

엄마도 아이의 마음을 충분히 공감하고 이해해주고, 아이도 엄마의 말을 잘 듣게 되면 날마다 웃을 일만 생길 것이다. 감정을 바르게 사용하면 건강한 감정이 전파되어 '행복 바이러스'가 되고, 감정을 바르게 사용하지 못하면 결국 '공포 바이러스'가 빠르게 전파된다. 행복이냐, 공포냐 그것이 문제다. 우리는 과연 어떤 바이러스를 전파할 수 있을까?

잔소리하는 엄마보다,
사랑을 주는 엄마가 되라

　잔소리는 예로부터 전해 내려오는 아주 오래된 전통으로, 자녀 교육을 할 때 없으면 안 되는 꼭 필요한 덕목 중 하나라고 해도 틀린 말이 아니다. 아이들이 제일 싫어하는 것 중 하나가 바로 엄마의 잔소리다. 하지만 잔소리 없이 자녀 교육을 한다는 것은 불가능에 가깝다. 지금의 어른들도 다 엄마의 지독한 잔소리를 들으며 훌륭하게 자랐고, 아무리 훌륭한 사람도 칭찬만 받고 자란 어른은 아무도 없다.

　아이에게 엄마는 사랑을 주는 존재이기도 하지만, 쉬지 않고 잔소리하는 잔소리꾼이기도 하다. 엄마의 잔소리는 시시때때로 변하는 '카멜레온'과도 같다. 오늘과 내일이 다르고, 어느 날은 칭찬했다가 혼을 내고, 다른 날은 혼냈다가 칭찬하는 등, 시시각각 다양한 엄마의 모습은 마치 '카멜레온'과 같다. 엄마는 전생에 자신을 보호하면서도 때로는 공격하는 '카멜레온'이었을지도 모른다. 잔소리하는 '카멜레온'은 생각만 해도 웃음이 나온다.

엄마의 잔소리도 때로는 습관이다. 그냥 넘어가도 될 일을 습관적으로 잔소리하기도 한다. 아이들에게 잔소리는 사랑으로 포장한 듣기 싫은 말에 불과할지도 모른다. 아이를 혼내는 것도 습관적으로 하는 엄마는 자기도 모르는 사이에 목소리가 커진다. 그리고 표정은 일그러지면서 험악해진다. 화가 날 때 거울을 보면 알게 될 것이다. 그런데 아이들은 엄마를 이렇게 만든 사람이 바로 아이들 본인들이라는 것을 모른다. 엄마의 표정은 아이들이 어떻게 하냐에 달렸다.

우리 집 아들도 내 잔소리를 좋아하지 않는다. 내가 잔소리를 하면 아들은 듣는 둥 마는 둥 할 때가 많다. 그래서 다시 말하면 아들은 "2절은 그만하라"며 도리어 나에게 짜증을 낸다. 아니, 아무런 대답도 없고 알아들었다는 사인도 없는데 내가 어떻게 가만히 있을 수 있겠는가? 그래서 확인차 다시 물어보는 것뿐인데 2절이니 뭐니 하면서 성질을 부리니 어디다 이 억울함을 호소하란 말인가? 가만히 있으니까 엄마가 '가마니'로 보이는 것인지, 도대체 나보고 어쩌란 말인지 모르겠다.

남편이 퇴근하고 오면 나는 억울한 마음에 아들의 만행을 남편에게 다 일러바치곤 한다. 그러면 남편은 내 이야기에 피식 웃으며 그냥 지금은 그럴 때라고 참으라고만 한다. 남편은 아들과 완전 한패였다. 남자 둘에 여자는 나만 있는 우리 집 구성원으로 볼 때 내가 불리하다. 같은 남자라고 남편은 같은 마음으로 아들을 이해해주고 있었다. 이야기를 듣는 사람과 당한 사람 사이에 체감도가 영다른 것 같다.

내가 유치한 것처럼 보이지만 중학생 아들하고 말하다 보면 이런 일이 자주 생긴다. 말대답도 어쩜 이렇게 꼬박꼬박 잘하는지 아들은 할 말만 하고, 내가 말하려고 하면 "됐어. 됐어" 하면서 그만하라고 한다. 더 말하기 싫다는 듯 세상 귀찮다는 표정을 짓는다. 그러고는 자기 방으로 쏙 들어가 엄청 진지하게 게임을 한다. 엄마의 마음은 갈기갈기 찢어졌는데, 아들은 아무렇지도 않게 본인이좋아하는 게임을 하고 있다. 정말이지, 아들 한 명 키우기가 이렇게어렵다.

왜 나라고 아들과 잘 지내고 싶은 마음이 없겠는가? 하나밖에없는 얼마나 소중하고 귀한 아들인데, 나도 태평양과 같은 마음으로 아들을 보듬어주고 싶다. 그런데 보듬어주려고 하면 삐딱하게말하고 자꾸 어긋나는 일이 생기니 그것이 문제다. 어째 잘나가다가도 금방 '삐딱선'을 탄다. 아들은 정확한 것을 좋아하는 성격이다. 그리고 복잡하게 말하는 것도 싫어한다. 아들은 내가 자신이 싫어하는 스타일로 말한다고 했다.

아들의 공부를 도와주다가 속상한 일이 생기기도 한다. 잘 나가다가 아들과 나는 또 위태로워진다. 아들은 내가 자꾸 한 말을 또 한다고 했다. 그리고 본인이 이해한 것을 내가 다시 또 말한다면서 싫은 표정을 짓기도 했다. 아들은 제발 본인이 물어본 것만 말해달라고 하기도 했다. 만약 내가 약간의 부연 설명을 하기라도 하면 벌써 표정이 달라진다. 나는 앞뒤 상황을 조금 더 말해준 것뿐인데 서로의 생각이 달랐다. 우리는 서로 주파수가 달랐다. 역시 가족끼리는 함께 공부하는 것은 힘들다.

엄마의 잔소리에는 엄마의 생각과 고집이 녹아 있다. 엄마가 생각하는 대로 아이가 따라오지 않으면 시작되는 것이 잔소리다. 엄마는 이것을 잔소리라고 생각하지 않고, 아이는 당연히 그것을 어마어마한 잔소리라고 생각하는 것이 문제다. 엄마는 잔소리를 사랑의 조언이라고 생각하고, 아이는 듣기 싫은 소음 정도로 생각한다. 엄마의 잔소리로 아이를 움직일 수 있다고 생각하면 그것은 착각이다. 아이들은 엄마의 잔소리를 듣고 있는 것 같아도 사실 보이지 않는 귀마개를 하고 있다.

아이에게 사랑을 주는 것이 굉장히 대단한 것으로 생각하며 부담을 느끼는 부모도 있다. 일상 속에서 아이가 좋아하는 것을 같이하고, 함께 시간을 보내는 것이 사랑을 주는 일이다. 아무리 사소한 것일지라도 아이가 좋아하는 것을 찾아서 같이해보면 된다. 햄버거는 아들이 제일 좋아하는 간식이다. 그래서 아들의 기분을 풀어줄 때는 햄버거를 사준다. 또 칭찬할 때 사주는 것도 햄버거다. 아직도 먹을 것으로 아들의 마음을 움직일 수 있어서 얼마나 다행인지 모른다.

고작 햄버거 하나 사줬다고 아이가 사랑받고 있다고 생각하겠냐고 말할 수도 있지만, 아이들이 원하는 것은 그렇게 대단한 것이 아니다. 햄버거는 아주 비싼 음식은 아니지만 아이가 좋아하는 것을 엄마가 알고 있다는 것 자체가 중요하다. 더 중요한 것은 엄마가 바로 그것을 사준다는 것이다. 엄마는 아이가 좋아하는 것을 잘 관찰하고, 작은 관심과 표현을 해주면 된다. 그러면 아이는 자신이 사랑받고 있다고 느끼게 된다.

나는 아들을 부를 때 애칭이 하나 있다. 다른 집들도 하나씩 있겠지만 우리 집은 조금 유치하다. 외동아들을 키우는 나는 항상 아들이 어리다고 생각하고 있었다. 심지어 중학생이 된 아들을 부를 때도 '아기'라고 부른다. 예를 들면 "아기! 일어났어?" 이렇게 말한다든가 "아기! 학교 잘 다녀왔어?"라고 묻는다. 그러면 아들은 고맙게도 "응" 하고 대답해준다. 내가 자꾸 '아기'라고 부르니까 아들도 그런가 보다 하고 대답한다. 밖에서는 절대로 그렇게 부르면 안 되지만, 집에서는 허용되는 '아기'는 아들을 부르는 애칭이다.

부모는 아이를 집에서 잘 양육하고 지도해야 하고, 아이는 그 과정에서 사랑을 받으며 자라야 한다. 하지만 그 과정이 결코 기쁘고 즐겁지만은 않다. 거친 바람과 파도가 우리를 순탄하게 흘러가도록 하지 않는다. 엄마는 이론적으로는 알고 있어도, 일상에서 그 이론을 실천하기는 쉽지 않다. 그래서 엄마가 생각한 것처럼 잘 흘러가지 않는다.

엄마의 지나친 잔소리와 욕심은 아이를 극도로 피곤하게 만들지도 모른다. 그것이 아무리 좋은 것이라고 할지라도 말이다. 세상에 좋은 잔소리는 없다. 잔소리는 잔소리일 뿐이다. 이제부터는 용광로처럼 펄펄 끓는 잔소리는 그만하고, 따뜻한 온도로 우리 아이를 사랑해주자. 너무 뜨거우면 아이는 견디기 힘들다. 우리는 엄마다! 이제부터 잔소리를 줄이고, 사랑이 가득한 엄마가 되자. 어차피 잔소리를 해도 내 입만 아프다.

아이가 바라는 것은
엄마의 관심이다

콩나물은 물만 잘 주면 되지만, 우리 아이는 지속적인 관심과 사랑을 주면서 키워야 한다. 물론 콩나물도 잘 자라기 위해서는 좋은 온도와 습도를 유지하는 등 여러 가지 조건들이 필요하다. 하지만 아이를 잘 키우기 위해서는 훨씬 더 복잡하고 어려운 조건들이 필요하다. 그 조건들은 각각의 집마다 다르고, 지역마다 다르며, 나이에 따라 다르고, 아이마다 다르다. 원래 사람은 아주 복잡한 구조로 만들어져서 연구하면 할수록 알쏭달쏭한 존재다. 특히 내 자식은 세상에서 제일 알쏭달쏭한 존재라고 할 수 있다.

한번은 아들이 어릴 때 본인을 쳐다보라며 자꾸 나를 불렀다.
"나 좀 봐봐요!"

아들이 애타게 불러서 쳐다봤더니 철없는 아들은 소파에서 뛰고 있었다. 소파에서 뛰면 엄마한테 혼만 날 텐데 자기를 쳐다보라니 참 엉뚱했다. 소파에서 펄쩍펄쩍 뛰는 것을 보라고 하는 아들이 귀엽기도 했지만, 하지만 결과는 예상하는 그대로다. 땀을 뻘뻘 흘리면서 소파에서 뛰는데 무슨 자신감으로 나를 불렀는지 모르겠다. 당연히 아들은 혼이 나고 소파에서 내려와야만 했다.

또 한번은 시리얼을 가지고 장난을 치며 나를 불렀다.

"엄마, 이것 봐봐요."
"빨리 와요, 빨리."

이번에는 무슨 일인가 하고 봤더니, 먹는 시리얼을 가지고 바닥에 놓고 장난감처럼 놀고 있는 것이었다. 그것을 본 나는 아들을 혼내고 시리얼 놀이를 조금 하다가 치우도록 했다. 이 밖에도 벽에 낙서하기, 색연필로 바닥에 그림 그리기 등등 신이 나서 엄마를 불렀다가 혼났던 일이 여러 번이었다.

아이들은 자신이 하는 행동이 칭찬받을 행동인지, 혼이 날 행동인지 잘 구분이 되지 않는 것 같다. 일단 본인이 신이 나면 그것을 엄마에게 자랑하고 싶은 마음이 앞서는 것 같다. 혼이 날지 칭찬을 받을지는 나중 이야기였다. 아이에게는 그 당시 그 상황이 중요하고, 그 순간을 엄마와 함께 즐기고 싶은 마음이 전부인 것 같다.

아이들이 어릴 때 엄마들이 하는 행동 중에서 제일 많이 하는 것이 있다. 그것은 바로 아이들에게 엄마가 뭐 하는 동안 TV를 보고 있으라고 한다든지, 아니면 핸드폰을 보고 있으라고 하는 것이다. 이것은 아이들을 보는 것도 아니고 방치하는 것도 아닌 그 경계가 아주 모호한 상황이다. 이런 경험을 안 해본 엄마는 있어도 한 번만 한 엄마는 없을 것이다.

아이가 열심히 핸드폰을 보고 있으면 엄마는 잘한다고 폭풍 칭찬까지 한다. 나중에 일어날 일은 전혀 알지 못한 채 말이다. 엄마도 엄마가 처음이라 실수는 언제나 존재한다. 그 후폭풍이 얼마나 클지 감히 상상하지 못했겠지만 말이다. 훗날 핸드폰 때문에 일어날 전쟁 아닌 전쟁을 엄마는 이때는 미처 알지 못한다.

엄마가 아이에게 관심을 가지고 사랑을 주면 아이는 엄마를 전적으로 신뢰하게 된다. 엄마는 자신의 작은 부분까지도 관심을 가지는 사람이고, 이 세상에서 나를 제일 사랑하는 존재로 생각한다. 그러면 아이들은 자신의 사소한 이야기까지도 엄마에게 편하게 말한다. 나는 아들에게 어릴 때 아주 조금이라도 다치거나, 무슨 일이 생기면 엄마에게 꼭 말해달라고 이야기했다. 그래서 아들은 정말로 나에게 작은 것까지도 말하는 아이가 되었다.

아들은 종이에 손이 베이거나, 학교에서 친구들과 한 이야기라든가, 코가 간지럽다거나 하는 아주 시시콜콜한 이야기까지도 하게 되었다. 한번은 아들이 학교에 자전거를 타고 가다가 넘어지는 바람에 무릎에 상처가 났다. 아들은 집에 와서 넘어진 이야기를 자세하게 이야기했고, 나는 아들의 이야기에 아파하며 상처 부위를 소독해주고 밴드를 붙여주었다.

만약 아이가 다쳐서 엄마에게 말했는데 별것도 아닌 거로 징징댄다고 하면서 나무라면 안 된다. 그렇다면 아이는 앞으로 엄마에게 자신의 어떤 사소한 것도 말하지 않을 것이기 때문이다. 우리 아이가 어릴 때만이라도 아이의 이야기에 진심으로 귀를 기울여주고 공감해준다면 사춘기라는 힘든 시기가 왔을 때 조금이나마 헤쳐나가기가 쉬울 것이다.

아이가 엄마에게 이야기를 걸어오는 것은 바로 자신의 이야기를 들어달라는 신호고, '나는 엄마가 편하고 좋아요'라고 하는 신호이기도 하다. 그런 아이에게 조용히 하라고 한다든지, 쓸데없는 소리하지 말라고 한다면 아이는 마음에 상처를 입을 것이다. 만약 우리가 남편한테 사소한 이야기를 했는데 남편이 쓸데없는 소리를 한다고 타박하면 어떻겠는가? 다시는 남편에게 시시콜콜한 이야기뿐만 아니라 대화를 하지 않을 것이다.

다른 사람의 이야기는 아주 잡다한 이야기까지 들어주고 웃으며 이야기하면서, 제일 소중한 아이의 이야기는 소홀히 생각하는 우를 범하지 말아야 한다. 원래 가까운 사람은 대충 대하면서 다른 사람에게는 공손하게 대하는 것이 우리의 모습이다. 하지만 가까울수록 예의를 갖추고 더 잘해야 한다. 그런데 우리는 가족을 편하게만 생각하는 것이 문제다. 가장 기본적인 것을 배려하지 않기 때문에 가까운 가족이라도 서로 마음이 상하게 되는 것이다.

아이에게 관심을 가지고 관찰하면 우리 아이가 좋아하는 것이나 싫어하는 것이 보인다. 그런데 우리는 의외로 아이가 싫어하는 것을 잘 모르는 경우가 있다. 특히 음식 같은 경우는 아이가 싫어하는 음식을 무시하고, 무조건 뭐든지 잘 먹어야 한다고 생각한다. 이것은 아주 위험한 생각이다. 엄마가 뭘 모르고 하는 소리다.

저녁 외식을 하기 위해 우리는 샤브샤브 식당을 찾아갔다. 그런데 아들의 표정이 별로 좋지 않았다. 거의 먹지도 않았다. 식사가 끝난 후 아들은 자기가 샤브샤브를 싫어하는지 모르냐며 툴툴거리며 밖으로 나왔다. 먹으러 가자고 할 때는 별말이 없다가 나와서는 이렇게 투정을 부렸다.

평소에 아들이 샤브샤브를 싫어하는지 나는 전혀 몰랐다. 남편보다 아들이 반찬 투정을 더 한다는 것을 알고 있었지만, 아직도 나는 아들의 음식 취향을 모르는 것 같다. 아들에게 미안한 마음과 함께 이제 샤브샤브는 안녕이다.

아들의 취향을 거의 다 알고 있다고 생각했는데 나는 아직 멀었다. 어쨌든 나는 아직도 아들에 대해서 알아가는 과정이고, 앞으로도 더 좌충우돌하면서 지내야 할 것 같다. 엄마는 아이에 대해 다 안다고 생각하면 절대로 안 된다. 이것이 바로 엄마들의 착각이다. 아이의 취향은 계속 변하고, 아이의 마음도 날마다 변한다. 이렇게 빠르게 변화하는 시대에 우리 아이의 마음을 잘 읽어야 한다. 이것도 엄마의 능력이다.

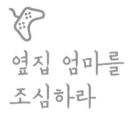

옆집 엄마를
조심하라

아이를 키우는 엄마들의 유형에는 여러 가지가 있다. 아이를 믿고 공부는 알아서 하겠거니 하는 엄마가 있고, 맨날 공부하라고 아이를 닦달하는 엄마도 있다. 아이는 잘 놀고 건강하기만 하면 된다고 하는 엄마가 있는가 하면, 아이에 대해 완전 무관심인 엄마도 있다. 아이가 아주 어릴 때는 주변을 크게 신경 쓰지 않고 키우는 것이 일반적이다. 그런데 아이가 커가면서 육아 정보를 수집하는 과정에서 우리는 여러 타입의 엄마들을 만나게 된다. 그중에 한 유형이 바로 '옆집 엄마'다.

옆집 엄마는 이마에 '내가 옆집 엄마입니다'라고 써 붙이고 다니지 않는다. 하지만 몇 번 만나보면 누가 옆집 엄마인지 자연스럽게 알게 된다. 옆집 엄마는 요즘 교육 정보에 대해 빠르게 대처하고, 좋은 학원은 어디에 있는지 잘 알고 있으며, 좋은 문제집과 기출문제를 신속하게 확보하고 있다. 그 정보력으로 주변의 엄마들 사이에서 대장 노릇을 하는 사람이 바로 옆집 엄마다. 옆집 엄마의 최대의 무기는 자신이 알고 있는 정보력이다.

옆집 엄마는 우리 집 옆에 사는 엄마를 말하는 것이 아니다. 위층에 살아도 옆집 엄마, 아래층에 살아도 옆집 엄마다. 우리는 이 사람들을 '옆집 엄마'라고 부른다. 여러 가지 이유가 있겠지만, 옆집 엄마를 가까이하려고 하는 엄마들이 의외로 많다. 옆집 엄마를 알아두면 손해 볼 것이 없다고 생각하기 때문이다. 좋은 정보를 얻을 수 있는 절호의 기회를 놓치지 않고 싶은 마음이기도 하다.

요즘은 맘카페가 지역별로 잘 운영이 되고 있다. 그 지역의 젊은 엄마들은 맘카페에 가입해서 비슷한 또래의 엄마들과 정보를 공유하기도 한다. 맘카페에서는 그 지역에서 좋은 어린이집은 어디에 있는지, 아이들과 놀러 가기 좋은 곳은 어디인지 알려준다. 또 동네 맛집을 알려주거나 아이들 교육 정보까지, 모든 주제를 총망라하는 곳이 바로 맘카페다.

맘카페에도 서열이 있고 가입한 엄마들은 각자 다른 레벨을 부여받는다. 새싹 엄마부터 VIP 레벨 엄마까지 레벨을 나누어 운영하고 있다. 카페 활동을 잘하는 엄마일수록 높은 레벨을 보유하고 있고, 이제 막 시작한 엄마들은 낮은 레벨이어서 높은 레벨의 엄마들을 부러워한다. 맘카페에도 역시 옆집 엄마는 존재한다. 레벨이 높은 엄마들의 입김은 영향력이 있다. 물론 맘카페에는 운영자가 있지만, 옆집 엄마라고 할 수 있는, 레벨이 높은 엄마들의 입김은 무시하기가 힘들다.

옆집 엄마는 이렇게 다양한 정보력을 가진 영향력 있는 사람인데 왜 조심하라고 하라고 하는 것일까? 평범한 엄마들은 옆집 엄마의 정보력을 전적으로 믿고 신뢰하며 그것을 따라서 적용하려고 한다. 그것이 바로 문제라고 할 수 있다. 옆집 엄마의 정보력이 절대적인 것은 아니다. 아무리 좋은 정보도 시간이 지나면 별 소용이 없고, 고급 정보라고 알려준 것이 평범한 정보일 수도 있다. 옆집 엄마를 너무 믿어서도 안 된다.

아이를 키울 때 엄마는 자신만의 소신과 철학이 있어야 한다. '나는 우리 아이를 이런 아이로 키울 것이고, 나는 이런 엄마가 될 거야'라고 말이다. 그런데 이것이 말이 쉽지, 주변 엄마들의 이야기를 듣지 않을 수가 없다. 내 소신과 철학은 집에다 두고 오고, 주변 엄마들의 이야기에 귀를 쫑긋하며 끌려다닌다. 마치 주변 엄마들의 이야기가 전부인 것처럼 말이다.

처음부터 평범한 엄마들이 옆집 엄마를 믿고 따르던 것은 아닐 것이다. 자신의 정보력으로는 한계가 있고, 다른 엄마들의 이야기도 참고하겠다는 마음으로 시작한 것이 점점 옆집 엄마를 추앙하게 되는 것이다. 누구나 처음은 자신만의 강력하고 확고한 소신과 철학으로 무장한다. 다만 그것이 그렇게 오래가지 못한다는 것이 문제다.

옆집 엄마의 가장 강력한 무기는 바로 교육 정보다. 어디 학원에 보냈더니 아이 성적이 올랐다거나, 어떤 문제집을 풀었더니 아이 성적이 쑥쑥 올랐다든지 하는 것이다. 그리고 공부 방법에 대해서도 다른 엄마들에게 알려주면서 해보라고 응원하기도 한다. 옆집 엄마와 수다를 떠는 시간이 길어질수록 점점 옆집 엄마한테서 벗어날 수가 없다.

아이의 성적에 민감할 수밖에 없는 엄마들은 옆집 엄마의 좋은 교육 정보를 놓치고 싶지 않다. 그래서 엄마들은 확인되지 않은 정보를 절대적인 정보라고 믿고, 마음에 안정을 느끼며 기쁜 마음으로 집으로 돌아온다. 이제 얻은 정보를 가지고 우리 아이에게 차근차근 주입시키는 일을 시작한다.

아이는 옆집 엄마의 존재를 알 리가 없고, 엄마가 물어다 주는 정보력을 가지고 열심히 따라서 할 뿐이다. 우리 엄마가 나에게 잘못된 정보를 줄 리가 없다는 생각으로 아이는 열심히 하지만 부작용이 발생한다. 옆집의 정보는 옆집 아이한테나 맞는 교육 정보이고 문제집이며, 학원이다. 그 정보는 우리 아이하고는 맞지 않는 정보라는 것을 나중에야 알게 된다.

우리 아들이 초등학생 때 나는 학교 일에 거의 신경을 쓰지 못했다. 어느 날, 학교에서 아이들 학예회 발표가 열린다고 해서 시간을 내서 다녀왔다. 학교 강당에는 벌써 엄마들이 와 있었고, 아이들의 학예회를 기다리고 있었다. 학부모 활동을 아예 하지 않았던 나는 아는 엄마가 거의 없었다. 친한 엄마들은 자기들끼리 옹기종기 모여서 이야기를 나누고 있었다. 친한 엄마들은 그들끼리 모임을 만들고 학교 모임도 이끌어가고 있었다.

사실 나는 옆집 엄마들을 만날 기회가 적었다. 맞벌이하는 엄마들이 그렇듯이 학교 활동에는 아예 신경을 쓰지 못했다. 아들이 초등학교 6학년 무렵 전교 회장 선거가 있었고, 아들은 담임선생님 추천으로 부회장 선거에 출마했다. 당선은 당연히 기대하지 않았지만, 담임선생님이 추천해주셨으니 아들은 도전해보기로 했다.

많은 엄마가 당연히 학부모 활동을 열심히 하는 엄마의 아들이 된다고 모두 생각하고 있었다. 그 엄마는 선거 전에 다른 반 엄마들을 따로 만나서 밥도 사주고, 커피도 사줬다는 말을 나중에 듣게 되었다. 물밑 작업을 확실하게 해둔 것 같았다. 나는 '되면 좋은 것이고, 안 되면 좋은 경험'이라고 생각하던 터라 따로 엄마들을 만날 생각도 하지 않았다. 그렇게 해야 하는 것인지도 사실 몰랐다.

아들도 회장 후보와 함께 나름대로 선거공약을 만들어서 벽보도 붙이고 선거운동을 했다. 그런데 반전이 일어났다. 단 한 표 차이로 아들이 부회장에 당선된 것이다.

나는 옆집 엄마를 모른다. 그리고 옆집 엄마를 만날 시간도 없었다. 전교 회장, 부회장 선거 결과에 대해서 다들 놀라는 분위기였다. 얼떨결에 당선된 아들은 무덤덤했고 떨어진 아이는 속상해했다고 한다. 제일 속상한 사람은 아마 선거에 떨어진 아이의 엄마일 것이다.

옆집 엄마를 몰라도 엄마가 아이를 키우는 데 별다른 영향은 없다. 다만 키우면서 답답하고 걱정되는 부분이 있을 뿐이다. 그렇다고 무작정 옆집 엄마의 말만 믿고 그대로 따라서 하면 더 큰 걱정이 생길지도 모른다. 사실 옆집 엄마가 알고 있는 정보도 결국 다른 옆집 엄마한테 얻어온 정보에 불과하다. 내 아이는 내가 가진 소신과 철학으로 키우고, 우리 아이에게 맞는 교육 방법을 적용해서 실천하는 것이 어떨까 싶다. 그러면 굳이 옆집 엄마 같은 사람을 찾을 필요도 없다.

엄마가 욕심을 버리면
아이가 보인다

아이가 태어나면 엄마는 바로 그 순간부터 아이의 보호자가 됨과 동시에 보이지 않는 끈으로 묶인 끈끈하고도 절대적인 관계가 된다. 이 세상에 엄마의 편이 한 명 더 생기는 것이다. 아이와 엄마는 서로 한 팀이 되고 파트너가 된다. 한 팀이 되면 무조건 자신의 팀을 응원할 수밖에 없고, 무조건 자기 팀이 이겨야 한다고 생각한다. 엄마의 욕심은 그때부터 시작된다.

유치원에 다니는 자녀가 있는 집은 아이의 재롱 잔치 공연장에서 비슷한 경험을 한 적이 있을 것이다. 유치원이나 어린이집에서 발표회를 한다든지, 초등학교 때 학예회 발표를 할 때면 자녀의 공연을 보러 갔을 것이다. 나도 우리 아들의 발표회에 가서 순서표를 보면서 아들의 순서가 되기만을 기다렸다. 이제 공연이 시작되면 그 순간부터는 다른 아이는 아무도 안 보이고, 오직 우리 아이만 보이기 시작한다.

마치 우리 아이가 주인공이고, 나머지 아이들은 우리 아이를 위한 보조 출연자로 공연하는 것처럼 보인다. 맨 끝에서 노래를 불러도 내 아이가 주인공으로 보이고, 다른 아이가 아무리 정가운데에서 노래를 부르고 있어도 그 아이는 내 눈에는 그냥 보조 출연자였다. 이런 현상은 우리 아들의 발표회 때마다 반복되었다. 너무나 당연할 수도 있지만, 모든 엄마에게는 자신의 아이가 이 세상의 주인공이다.

'나에게 늘 주인공인 아들의 이야기를 내가 과연 책으로 쓸 수 있을까?' 하는 생각이 문득 들었다. 나는 '한국책쓰기강사양성협회(이하 한책협)'를 통해 김태광 대표를 알게 되었고, 그렇게 내 아이의 이야기를 쓰기로 했다. 김태광 대표는 25년 동안 300권의 책을 집필했고, 12년 동안 1,200명이 넘는 평범한 사람들이 자신의 이야기를 책으로 쓰고 행복을 찾아가는 과정을 도와주는 최고의 책 쓰기 코치였다. 나는 나의 이야기가 세상의 누군가에게 공감이 되고 단 한 사람에게라도 도움이 되었으면 하는 마음으로 책을 쓰기로 했다.

엄마들은 내 아이를 세상에서 가장 잘나가고 훌륭하게 키우고 싶은 마음이 크다. 그래서 아이에게 좋은 음식을 먹이고, 좋은 옷을 입히고, 아이가 좋은 교육을 받을 수 있도록 정성을 다해 키운다. 아이는 엄마의 사랑을 듬뿍 받고 자라고, 엄마의 기대치는 점점 높아지기 시작한다. 그리고 아이들은 세상이 넓고, 정글이며 냉정한 곳이라는 것을 차근차근 알아가기 시작할 것이다.

학교에서 공식적인 시험을 보기 전까지 대부분들의 엄마들은 아이가 어느 정도 잘하고 있다고 생각한다. 그 '어느 정도'라는 것은 공식적인 시험점수를 받기 전까지는 두리뭉실해서 측정이 힘들다. 학교에서 시험을 보고 나면 시험점수를 받게 되고, 우리 아이의 실력을 어느 정도 측정할 수 있다. 사실 중학교 2학년 1학기 중간고사가 아이의 첫 공식적인 시험성적이다. 초등학교에 다닐 때는 우리 아이가 그냥 막연하게 잘하고 있다고만 생각한다.

아이의 실력을 알게 된 후부터 엄마의 욕심은 더욱 커져만 간다. 우리가 몸에 좋은 음식이 있다면 찾아서 먹는 것처럼 엄마는 아이를 위해서 좋은 학원과 정보를 찾아서 아이가 좋은 성적을 받도록 압력 아닌 압력을 가한다. 또 공부할 과목과 문제집을 고른 다음, 아이가 풀도록 숙제를 내주기도 한다. 엄마는 이런 일쯤이야 아주 쉬운 것 중에 하나라고 생각할지도 모른다. 왜냐하면 엄마는 아이에게 알짜배기 좋은 정보를 줬다고 생각하기 때문이다. 아이의 의견은 전혀 물어보지도 않은 채 말이다.

내가 아는 초등학교 저학년 아이는 집에서 해야 할 숙제의 양이 엄청나다. 방학 중에도 오전부터 오후까지 해야 겨우 할 수 있다고 한다. 엄마가 하라는 숙제는 당연히 해야 한다고 생각하는 나이이기에, 엄마에게 특별히 반항하지 않고 하고 있었다. 그 엄마는 항상 내 아이가 절대로 뒤처지면 안 된다고 생각하는 엄마였다.

예전에 한 뉴스 기사에서 자녀 교육을 위해 아이의 혀까지 수술했다는 충격적인 기사를 본 적이 있었다. 혀를 수술해서라도 영어를 잘할 수 있도록 만든다는 것이었다. 얼마나 황당하고 위험한 생각인지 모르겠다. 물론 아이가 영어를 잘하면 좋겠지만, 혀를 수술까지 해가면서 성공을 바란다는 것은 너무나 위험한 엄마의 욕심이다. 그 엄마도 수없이 고민한 끝에 내린 결정이었겠지만 욕심은 큰 화를 불러일으킬 수도 있다.

엄마들의 착각 중의 하나는 자신이 뭐든지 정해서 아이에게 하라고 하면 아이가 무조건 '네'라고 대답할 것이라고 생각한다는 것이다. 물론 아이는 엄마가 하는 말이니까 들어야 한다고 생각할 것이다. 하지만 아이를 위해서 엄마가 하나부터 열까지 모두 해줘야 한다고 생각하면 끝이 없다. 엄마는 아이의 인생 플래너가 아니다. 엄마가 아이의 인생을 계획하고, 그 계획대로 밀고 나가려고 하는 것은 엄마와 자녀가 모두 불행으로 가는 길일 수 있다. 우리 아이는 반드시 이 학원에 다녀야 하고, 저 문제집을 풀어야 한다고 생각한다. 아이가 어떤 대학까지 가야 한다고 하는 인생의 로드맵을 짜놓은 엄마들이 주변에 의외로 많다. 아이의 꿈을 이미 엄마가 정해놓은 집도 있다. 될지, 안 될지는 시간이 지나면 알겠지만.

욕심을 부려서 잘되는 일도 있지만, 대부분 그 과정에서 불협화음이 일어나고 상처와 갈등이 생긴다. 내 지인의 이야기를 해보려고 한다. 지인은 아이에게 피아노를 가르쳐서 대학에 보내려고 어릴 때부터 피아노를 치게 했다. 그런데 아이가 고등학교에 다닐 때 피아노를 죽어도 치기가 싫다며 치지 않게 되었다. 발등에 불이 떨어진 사람은 바로 엄마였다. 자신의 계획이 틀어진 것이었다. 얌전하게 피아노로 대학을 가면 되는데, 갑자기 계획에 차질이 생긴 것이다.

그동안 아이는 피아노를 억지로 쳤고, 한계에 다다른 아이는 결국 폭탄선언을 하게 된 것이었다. 엄마의 권유로 아이는 피아노를 쳤고, 그동안 얼마나 여러 번 갈등이 있었을지 감이 온다. 아마도 아이는 엄마에게 자신의 마음을 여러 번 보여주었을 텐데 엄마는 그것을 무시했을 것이다. 안 봐도 뻔한 이야기다. 억지로 하는 일은 결국에 탈이 난다.

그 뒤로는 가야금을 배우게 되었다. 하지만 가야금도 얼마 못 가서 그만두게 되었다. 아이가 손가락이 아파서 도저히 못 하겠다는 핑계를 대고 가야금도 중단하고 만 것이었다. 엄마의 속은 타들어 갔을 것이다. 이것도 싫다, 저것도 싫다 하는 아이를 어떻게 해야 할지 막막했을 엄마의 마음이 보였다.

아이는 내가 낳았지만 내 마음대로 할 수 있는 존재라고 생각하면 안 된다. 내 마음대로 하는 것이 아니라, 내 마음을 주고 정성껏 돌보고 키워야 하는 존재다. 하지만 내 자식이라는 이유로 내 마음대로 모든 것을 조종하려고 하는 엄마는 너무 위험하다. 이런 엄마는 마치 신호등이 빨간불인데 지나가려고 하는 것과 같다. 너무나도 불안하고 위태롭다.

엄마의 욕심은 잠시 내려놓고 아이의 얼굴을 가만히 쳐다보면 어떨까 싶다. 아이가 엄마를 보고 웃는지, 아니면 엄마의 눈빛을 피하는지 말이다. 아이가 웃는다면 잘 가고 있는 것이고, 아이가 고개를 돌린다면 가만히 생각해봐야 한다. 아이를 웃는 얼굴로 만들고 싶다면 이제부터라도 욕심은 조금 내려놓고 우리 아이를 사랑스럽게 바라봐주는 것은 어떨까?

4장

아들의 자존감을
높여주는 대화법

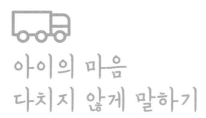

아이의 마음
다치지 않게 말하기

엄마가 되면 내 아이에게 평생 좋은 말만 해주고, 절대로 혼내지 않을 것 같지만 아이를 키우다 보면 이것은 꿈같은 이야기다. 반드시 혼낼 일이 생기고, 최악의 경우는 아이와 사이가 틀어지기도 한다. 엄마가 처음 마음먹은 것처럼 사랑만 주면서 자녀를 키운다는 것은 정말로 어려운 일이다. 일방적으로 한쪽에서 계속 웃으면서 잘해주는 것도 그렇게 오래가지 못 한다.

물론 아이를 키우는 데 부모의 사랑은 절대적으로 필요하다. 또한, 아이들이 말을 잘 들으면 서로 얼굴 붉히면서 이야기할 일도 없겠지만, 어쩌면 아이들은 엄마 얼굴이 조금 무서워져야 말을 듣는지 모르겠다. 엄마의 못생긴 주름살을 우리 자녀들이 만들어줬다고 해도 틀린 말은 아닐지 모른다.

아이도 엄마의 속을 뒤집어놓고 화나게 만들지만, 엄마도 아이의 마음에 상처를 입히는 말을 하기도 한다. 아이들은 아직 어리고 경험이 부족하다 보니 엄마의 사소한 심부름이나 간단한 부탁에도 실수할 수가 있다. 예를 들어, 빨래를 다 하고 나서 빨래를 널거나 걷을 때 아이가 도와주는 경우가 있다. 이때 특히 남자아이들은 빨래를 널 때 대충 해서 널어놓는다. 말하지 않아도 아들이 있는 집은 바로 상상이 될 것이다.

옷을 한 번 털어서 모양을 살려서 널어야 하는데, 대충 널어버리면 나중에 옷이 꾸깃꾸깃해진다. 엄마가 늘 해주니 아들이 그것을 알 턱이 없었다. 도와준 것은 고마운데 엄마가 다시 해야 하니 웃어야 할지, 말아야 할지 애매하다. 이때 엄마가 아이에게 옷을 왜 이렇게 해서 널었냐고 혼을 내면, 아이는 다시는 엄마의 일을 도와주고 싶지 않을 것이다. 그런데 내가 아들에게 이런 실수를 하고 말았다.

"옷을 이렇게 해서 널어놓으면 어떻게 해? 다 꾸깃꾸깃해지는데."
"그러면 앞으로 엄마가 다해. 나는 이제 안 도와준다. 도와줘도 뭐라고 한다니까."

나는 아들을 혼내려고 한 것이 아니라, 옷을 널 때는 이렇게 해야 한다고 말해준 것뿐이라고 생각했다. 그런데 이것이 또 엄마들의 착각 중의 하나다. 아이의 마음을 제대로 헤아려주지 못한 것이었다. 아들이 도와준 그 자체를 칭찬하고 고마워하면 되는데, 괜히 혼냈다가 이제 빨래를 너는 것은 온전히 내 몫이 되고 말았다. 수건 접는 법에 대해서도 한마디했다가 괜히 말했다는 후회만 남았다.

나는 옷이 구겨질 걱정만 하고, 도와준 아들의 고마움은 잊은 채 핀잔을 주었다. 나의 핀잔은 아들의 마음에 상처를 주었고, 아들은 자신이 이렇게 간단하고 쉬운 일도 못 하는 사람이라는 생각을 하게 되었다. '나는 엄마를 제대로 도와주지 못하는 사람이구나'라는 생각을 하게 되는 것이다. 엄마인 나는 여기까지 생각하지 못하고 1차원적인 생각만 했다. 빨래보다 더 소중한 아들의 마음을 헤아리지 못한 것이다.

아이의 외모를 가지고 놀리는 경우가 종종 있다. 어른들은 그냥 장난이라고만 생각하고 놀리지만, 놀림을 받는 아이의 마음은 얼마나 힘들지 생각을 못 한다. 내가 아는 지인은 딸 때문에 속상해했다. 아이의 얼굴은 까맣고 또래보다 키가 작았다. 그런데 초등학교 고학년이 되었어도 저학년인 1학년보다 더 작은 키에 놀림을 받곤 했다. 같은 반 친구들은 키가 작아서 늘 귀엽다고 한다는데, 정작 본인은 그 말에 스트레스를 받는다고 했다.

어른들도 늘 "귀엽다, 언제 클래?", "너희 반에서 제일 키가 작지?", "얼굴이 더 까매진 것 같다" 등등 아이가 싫어하는 말만 골라서 했다. 요즘은 아이들도 외모에 관심이 많다. 본인의 외모는 본인이 더 잘 알고 있는데, 옆에서 그런 이야기를 하면 좋아할 아이는 아무도 없다. 학교에서는 친구들이 놀리고, 거기다 눈치 없는 어른들까지 놀리면 아이의 마음이 얼마나 힘들지 상상이 안 될 정도다.

우리 아들 역시 또래 아이들보다 키가 작아서 친구들에게 귀엽다는 말을 들어본 적이 있다고 했다. 내 자식이니 키가 크든, 작든 간에 예쁘고 귀한 것은 말할 것도 없다. 그런데 남편과 나는 아들이 귀엽다고 아무 생각 없이 놀린 적이 있었다. 아들의 반응은 당연히 상상하는 그대로다. 아들은 키가 작은 것도 서러운데, 엄마, 아빠까지 자기를 놀리면 어떻게 하냐며 기분 나쁘다고 말한 적이 있었다.

당연히 아들의 기분은 좋지 않을 것 같다. 사실 남편과 내 키가 작아서 아들의 키가 작은 것은 아닌지 내심 걱정이 이만저만이 아니었는데, 그런 내가 아들을 놀렸으니 생각이 짧았다. 내 말 한마디에 아들은 분명 속상했을 것이고, 자존심도 상했을 것이다. 또 한편으로는 아들도 '엄마, 아빠의 키가 컸으면 나도 컸을 텐데' 하고 원망했을지도 모른다.

외모로 사람을 놀리는 것은 하수 중의 하수다. 사람을 외모로 평가하면 안 된다고 배웠지만, 우리는 늘 외모로 사람을 평가하게 된다. 아이들에게 부모는 모범이 되어야 하고, 본을 보여야 하는데 오히려 우리가 이런 하수 같은 행동을 하다니, 조금은 창피했다. 아무렇지도 않게 아이에게 상처를 주고는 상처를 준 줄도 모르고 아이가 상처받은 후에야 뒤늦게 깨닫는다.

아이는 아이대로 주변에서 들은 말로 상처를 입고, 그 상처 때문에 자존심도 상하고 자존감까지 떨어진다. 아이는 '나는 다른 아이들보다 더 안 예뻐', '나는 키가 작아서 놀림을 받는 아이야', '나는 똑똑하지 못한 아이야'라는 생각을 하게 된다. 내 아이가 정말 이렇게 생각한다면 부모로서 굉장히 속상할 것이다.

아이들은 다른 사람한테 다친 마음의 상처를 잘 드러내지 않는다. 처음에는 본인도 대수롭지 않게 여기다가 자꾸 계속해서 듣게 되면 상처가 쌓이게 된다. 그래서 본인도 그 말에 상처를 받고, 나중에는 아이도 스스로 본인이 그런 사람이라고 생각하고 믿어버리게 된다. 그러면 아이의 자존감은 점점 떨어지고 부정적인 아이로 자라게 될 확률도 높아진다.

아이의 마음을 이해해주는 엄마가 옆에 있기만 해도 아이는 큰 힘을 얻는다. 친구들이 뭐라고 놀려도 엄마의 따뜻한 말 한마디는 아이가 올바르게 자랄 수 있게 해준다. 아이가 자랄 때 어떤 환경에서 자랐는지는 아이의 자존감 형성에 많은 영향을 준다. 성장 과정에서 늘 좋은 말을 듣고 자란 아이와 늘 부정적인 말을 듣고 자란 아이는 당연히 다를 수밖에 없다.

긍정적인 말을 듣고 자란 아이는 모든 일을 긍정적으로 받아들일 것이고, 부정적인 말을 듣고 자란 아이는 매사를 부정적으로 받아들이는 아이로 자랄 수 있다. 물론 모두가 다 그런 것은 아니지만 대부분 이런 경우가 많다. 평소에 아이의 마음을 다치지 않게 말하는 것이 정말 중요하다. 비록 농담으로 했다고 할지라도 아이는 그 한마디에 상처받고 힘들어할 수 있다. 우리 아이의 마음이 다치지 않게 말하는 긍정적인 언어습관을 실천해보면 어떨까.

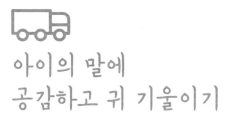

아이의 말에
공감하고 귀 기울이기

부모가 아이의 말을 귀 기울여 들어주는 것은 아주 기본적이면서도 중요한 자녀 교육 방법이다. 누군가의 말을 들어주는 것은 그 사람을 존중한다는 뜻이 포함되어 있다. 그런데 아이가 말할 때, 어른들은 어린아이가 하는 말이니까 그냥 대충대충 흘려듣는 경우가 있다. '어린애가 하는 말이 뭐가 중요하겠어?'라는 관심 없는 태도로 말이다.

갓난아기를 한번 생각해보자. 갓난아기는 아무런 말도 하지 않고 눈만 똥그랗게 뜨고 엄마를 바라본다. 아기는 온종일 먹고, 자고, 싸고를 반복하며 무럭무럭 자란다. 엄마는 아기가 배가 고픈지, 기분이 좋은지, 잠은 잘 자고 있는지, 기저귀는 뽀송뽀송한지, 쉴 새 없이 확인한다. 아기가 귀찮을 정도로 무한한 애정과 관심을 가진다. 아기의 일거수일투족을 관찰하며 아기의 상황을 하나도 빠짐없이 살펴보면서 귀를 기울이고 있다.

말도 안 하는 아기를 보면서도 공감하고 귀 기울이던 엄마는 점차 변해가기 시작한다. 이제 아이는 말을 잘하게 되었지만, 갓난아기 때 보여주었던 엄마의 공감은 점점 사라져가고, 아이의 말에 귀 기울이는 것도 예전 같지 않다. 이제는 서로 말도 통하겠다, 뭐가 문제일까? 서로 말을 너무 잘해서 문제일까? 그래도 어쨌든 엄마의 사랑은 아직도 진행 중이다.

"엄마, 나 이거 먹어도 돼요?"
"으응, 알았어. 먹어."
"진짜 먹어도 돼요?"
"으응, 알았어."

엄마는 아이의 질문에 조금은 엉뚱한 대답을 했다. 엄마는 아이에게 무엇을 먹을 것인지 물어봐야 함에도 엄마는 대충 질문을 흘려듣고는 "알았어"라고만 한 것이다. 어릴 때 아이들이 먹는 음식 중에는 엄마들이 아이들에게 금지하는 식품 리스트라는 것이 존재한다. 예를 들면, 인스턴트 음식이나 너무 달거나 짠 과자, 그리고 사탕 등이다.

아이는 해맑게 웃으며 입에 사탕을 물고 엄마한테 다가가지만, 이내 혼이 난다. 엄마는 누가 사탕을 먹으라고 했냐며 아이를 혼내기 시작한다. 아이에게 사탕을 먹으라고 한 사람은 바로 엄마다. 아이는 엄마의 허락을 받아서 당당히 먹고 있는데, 갑자기 혼을 내면 당황할 수밖에 없다. 언제는 먹으라고 해놓고서, 먹고 있는데 혼을 내니 이것 참 답답할 노릇이다. 아이들을 혼란스럽게 하는 사람은 오히려 엄마였다.

아이는 엄마에게 논리적으로 따지면서 대꾸하지 못한다. 하지만 아이는 마음속으로 '이게 아닌데…' 하면서 물음표만 그리고 있을 것이다. 제대로 확인도 하지 않고 혼부터 내는 엄마가 야속하고, 사탕을 먹으라고 해서 먹었는데 이것이 이렇게 혼이 날 일인지 아이는 어리둥절할 것이다. 귀를 기울이지 않은 것은 엄마인데, 오히려 엄마 말을 잘 들은 아이만 혼이 난다.

엄마와 아이가 서로 부딪치는 이유는 거창한 것이 아니다. 아주 단순한 이유다. 제일 흔한 것은 엄마의 말을 듣지 않아서다. 그리고 다음은 아이가 해야 할 일을 미루고 해놓지 않기 때문이다. 어쩌면 두 가지 다 엄마가 하라는 것을 지키지 않아서 일어나는, 아이 키우는 집의 가장 흔한 일상이다. 그런데 과연 엄마 말만 잘 들으면 아무 문제가 없을까?

엄마는 항상 아이가 문제라고 여기며, 엄마 자신은 아무런 문제가 없다고 생각한다. 이것은 엄마들이 빠져 있는 착각 중 하나다. 엄마는 아이의 숙제와 학원 등을 일일이 체크하면서, 아이가 제대로 하지 않으면 곧바로 잔소리 폭격이 날아간다. 이렇게 매사에 확실한 엄마는 정작 집에 설거지가 밀려 있고, 공과금을 제때 결제하지 않아서 독촉장이 날아온다. 이것은 아이들이 모르는 엄마의 비밀이다. 아이들이 모르니까 다행이지, 만약 아이들이 알게 되면 아마 이것보다 더한 잔소리를 듣게 될지도 모른다.

아이와 서로 사이좋게 잘 지내는 집도 얼마든지 있다. 그런 집은 엄마가 지혜롭게 아이의 말을 잘 들어주는 분위기의 집이다. 아이의 사소한 의견을 들어주고 좋은 방향으로 서로 의논해서 결정하는 것이다. 물론 모든 평범한 가정에서 부모가 아이의 말을 들어주지 않는 것은 아니다. 문제는 아이의 말을 다 듣고 나서다. 곧바로 아이의 의견을 무시하거나, 아이에게 "엉뚱한 소리만 한다" 하고는 그 상황을 넘어가버린다.

약간은 드물게 아이에게 항상 존댓말을 하는 부모도 있다. 정말로 대단하다는 생각이 들 수밖에 없다. 아이가 어릴 때는 많이들 존댓말을 쓰기도 하지만, 아이들이 어느 정도 자란 후에는 존댓말을 쓰지 않는 집이 훨씬 더 많다. 아이에게 계속 존댓말을 한다는 것은 부모가 아이를 존중하고 있다는 뜻이다. 부모가 아이에게 존댓말을 안 쓰면 아이를 존중하지 않는다는 것은 절대로 아니다. 하지만 자녀에게 존댓말을 쓰면서 말하려는 그 마음이 대단한 것이다.

한번은 아들이 핸드폰이 바꾸고 싶다고 말한 적이 있었다. 하지만 약정기간도 남아 있기에 아직은 바꿀 수 없다고 말했다. 아들은 본인의 핸드폰이 문제가 많다며 바꾸고 싶다며 하소연했다. 핸드폰을 바꾸기 위한 아들의 연기라고 생각하며, 나는 아들의 말을 가볍게 들었다. 엄마들은 지갑에서 돈이 나갈 것 같으면 굉장히 냉정해진다. 아이들 또한 엄마가 이런 사람이라는 것을 아주 잘 알고 있다.

아들은 핸드폰을 이번에는 아이폰으로 바꾸고 싶다고 추가로 이야기했다. 나는 깜짝 놀라서 이렇게 반응할 수밖에 없었다.

"아이폰?"
"아이폰으로 바꾸고 싶어요."
"꿈이 너무 큰 거 아니야?"
"아이폰….”
"안 돼!"

아들과 나눈 핸드폰 대화는 이렇게 끝이 났다. 아들은 점점 작아지는 개미 목소리로 '아이폰'을 외쳤고, 나는 안 된다고 말했다. 평소에 아들은 뭘 사달라고 조르는 스타일은 아니다. 어릴 때부터 옷도 내가 사다주면 아무런 말없이 그냥 입던 그런 아이였다. 그런 아들이 모처럼 핸드폰을 바꿔달라고 하는데 '내가 너무 매몰찬가?' 하는 생각이 들었다.

나는 아들과 나눈 대화에서 아들의 마음에 전혀 공감하지 못했다. 먼저 아이의 핸드폰 상태를 확인하고 공감해주었어야 했다. 그런데 공감력 떨어지는 이 엄마는 다짜고짜 아들이 연기하고 있다고만 생각한 것이었다. 그렇게 어려운 일도 아닌데 공감 가득한 멘트는 왜 이리 나오지 않는 것일까?

아이의 마음을 알아주고 공감한다는 것이 정말 중요하다는 것을 알면서도 실천이 참 어렵다. 아이가 말할 때 진심으로 공감해주면 아이도 그렇게 서운해하지 않을 텐데, 우리 어른들은 그게 어렵기만 하다. 누군가가 내 말을 진심으로 들어주고 같이 공감해주면 마음에 위로가 된다. 아이들도 마찬가지다. 지금 당장 엄마가 아이에게 무언가를 해준다기보다도 아이의 마음을 알아주고 공감해주기만 해도 아이는 좋아할 것이다. 그러면 아이는 자신의 이야기에 귀 기울여줄 사람이 항상 옆에 있다고 생각하게 된다. 그 사람이 엄마, 아빠라면 더 좋을 것 같다.

단점보다
장점 말하기

세상에 장점만 가지고 있는 사람은 없다. 내 자식이 아무리 예쁘고 소중해도 장점만 가지고 있지는 않다. 오히려 예쁘다고 생각하는 내 자식의 단점이 더 많을 수도 있다. '털어서 먼지 안 나는 사람은 하나도 없다'라는 말이 바로 여기에 해당하는 말이다. 아무리 완벽해 보이는 사람도 털면 먼지가 난다. 사람은 이상하게도 상대방의 장점보다는 단점이 먼저 보이고, 나쁜 것은 가르쳐주지 않아도 빨리 배운다.

그러면 지금부터 우리 아이의 장점을 하나씩 생각해보자. 아이의 장점이 잘 떠오르는지, 그리고 장점이 줄줄 잘 읊어지는지 스스로 한번 테스트해보자. 몇 개는 생각나겠지만, 그 이상은 잘 떠오르지 않을 것이다. 그런데 반대로 단점을 한번 말해보라고 하면 줄줄 나온다. 심지어 그만하라고 할 때까지 말이다.

"우리 아이는 일단 착하고요. 밥도 잘 먹고요."
"그리고 우리 아이는요⋯."

아이의 장점은 대부분 이 정도로 시작하고 머뭇거린다. 어느 집이나 우리 아이는 다 착하다고 한다. 역시 세상에 나쁜 아이는 없나 보다. 그런데 반대로 단점을 말해보라고 하면 너무 생각이 잘나고 막힘없이 바로바로 나온다.

"우리 아이는 방을 잘 안 치우고, 옷도 아무 데나 벗어놓고, 숙제도 제때 잘 안 하고⋯. 게으르고, 아침에도 잘 못 일어나고, 반찬 투정도 심하고, 잘 안 씻고⋯" 등등 쉴 새 없이 쏟아져 나온다.

엄마의 눈에는 아이의 단점이 너무나 잘 보인다. 하지만 우리 아이의 장점은 단점에 가려서 잘 보이지 않는다. 사람은 누구나 눈에 잘 띄는 것을 먼저 알아차리게 되어 있고, 눈에 안 보이는 것은 알아차리기가 어렵다. 그래서 장점은 더 잘 보이지 않는 것이다. 어떤 엄마는 아이의 장점을 말해보라고 하면 머뭇머뭇하면서 웃기만 한다.

아무리 내가 낳은 자식이라고 해도 아이에게 관심을 가지고 관찰하지 않으면, 내가 키우는 아이의 장점을 쉽게 찾을 수가 없다. 요즘은 집에서 키우는 강아지도 주인에게 엄청난 관심을 받고 사는 시대다. 그런데 만약 내 자식에 관한 관심이 집에서 키우는 강아지

보다 못하다면 이것은 정말로 큰일이다. 우리 자녀가 강아지한테 서열이 밀린다는 것은 정말 말도 안 되는 일이다.

아이가 잘하는 것을 찾아서 칭찬해주는 것도 때로는 연습이 필요하다. 평소에 장점에 대해 말해본 적이 별로 없는 엄마라면, 입에서 칭찬이 바로 나오기가 어렵다. 우리는 장점을 말하는 연습을 해서라도 아이를 칭찬하는 엄마가 되도록 해야 한다.

처음이 어렵지, 장점 말하기 연습을 하다 보면 능숙하게 할 수 있게 될 것이다. 거기에 하얀 거짓말도 조금씩 섞어서 잘할 수 있을 것이다. 아이에게 장점을 찾아서 말해주면 아이도 덩달아서 기분이 좋아지고, 엄마도 기분이 좋아지는 '일거양득' 효과까지 볼 수 있다.

장점을 찾아서 말해주니 이렇게 좋은데, 엄마들은 왜 아이의 장점을 찾으려고 하지 않는 것일까? 장점보다는 단점을 지적해서 장점으로 바꾸려고 하는 엄마의 더 큰 계획이 있는 것인지도 모르겠다. 나 역시도 아들에게 장점을 말해주는 것이 익숙하지 않다. 엄마로서 아들에게 늘 하는 말은 '~해라', '~했어?'라고 하는 확인하는 말이 주를 이루고, '잘했다'라고 하는 칭찬은 진짜 잘해야 하는 것 같다.

요즘은 아들이 중학생이 되어서 서로 말할 시간도 별로 없다. 장점을 말하든, 단점을 말하든 얼굴을 봐야 말을 할 텐데 얼굴 마주 볼 시간이 별로 없는 것 같다. 한번은 아들이 미술 시간에 그림을 그렸다며 본인이 그린 그림을 보여주었다. 중학생도 미술 시간에 그림을 그린다는 것을 알았다. 이렇게 엄마가 학교 교과목에 관심이 없다. 이러니 서로 문제가 생기는 것인지도 모르겠다.

아들이 그린 그림은 실사 사진을 보고 최대한 비슷하게 그리는 것이었다. 아이스크림 컵에 담긴 파르페를 그린 아들의 그림을 보자마자, 나는 과장된 목소리로 너무 잘 그렸다며, 폭풍 칭찬을 해주었다. 우리 아들이 이렇게 미술에 소질이 있는 줄 몰랐다며. 피카소가 따로 없다며 아는 화가의 이름을 대며 칭찬해주었다. 내가 생각해도 적절한 칭찬이었다. 그 순간 떠오르는 화가 이름이 오직 피카소뿐이었다. 얼마나 다행인지 모른다.

아들은 자신의 그림이 스스로 생각해도 잘 그린 것 같아서 나에게 보여준 것 같았다. 그런 아들에게 객관적인 잣대로 심사하고 평가하면 큰일이 날 것 같았다. 내가 미술에 전문적인 지식이 있는 것도 아니고, 엄마가 아들의 미술에 대해 전문적인 평가를 한다는 것 자체가 말이 안 된다. 그러면 나는 너무나 냉정한 엄마다. 아마추어가 아마추어를 평가하는 것인데, 너무 냉정할 필요는 없다. 모든 예술은 주관적인 평가만 있을 뿐이다.

엄마의 칭찬으로 아들은 기분이 좋아서 빙그레 웃으며 방으로 들어갔다. 이렇게 해야 집안에 평화가 찾아오고, 벌도 오고 나비도 날아드는 것이다. 아들이 이렇게 좋아하는데 내가 구도가 어떻다느니 색감이 별로라느니 알지도 못하면서 이런 말을 했다면, 그 순간 분위기는 싸해졌을 것이다. 그리고 빙그레 웃는 아들의 모습도 보지 못했을 것이다.

우리 아들은 귀가 밝아서 아주 작은 소리도 예민하게 잘 듣는 편이다. 내가 운전하는 동안 핸드폰이 아주 작은 소리로 울리고 있었다. 나는 운전 중이었고 주변 소음도 있어 전화벨이 울리고 있다는 것을 듣지 못했다. 그런데 그때 전화벨 소리가 들린다며 말해주었다. 가방을 열어보니 정말 전화벨이 울리고 있었다. 소리는 거의 들릴 듯 말 듯 하는 소리로 울리고 있었다. 아들 고마워!

아주 작은 사소한 것이라도 장점을 찾아서 칭찬해주면 누구든지 좋아한다. 다른 사람이 자신의 장점을 말해주는데 싫어하는 사람은 없다. 좋은 말을 들으면 처음에는 쑥스러워하지만, 싫어하는 사람은 없다. 아들에게 어떻게 전화벨 소리가 들렸냐며 귀가 밝다고 칭찬해주었다. 소리를 잘 듣는 것도 장점이라면 장점이다.

이제 장점을 말하는 것이 좀 더 쉬워졌을 것이다. 아이가 혼자서 신발을 잘 신어도 장점으로 봐주고, 혼자서 양치질을 잘해도 장점으로 봐주면 찾을 수 있는 장점은 무궁무진하다. 어릴 때는 이렇게만 칭찬해줘도 좋아한다. 아이의 행동을 당연하게 생각하지 말고, 일상에서 아이가 잘한 것을 찾을수록 훨씬 더 칭찬거리는 많이 생긴다.

평소에 칭찬하는 연습을 하다 보면 사소한 것도 칭찬을 잘할 수 있게 된다. 아무리 작은 것이라 해도 우리는 칭찬만 해주면 된다. 이때 칭찬은 바로바로 해줘야 한다. 아이들은 본인이 식탁에 숟가락을 놓는 것도 엄청난 일을 한 것으로 생각할 수도 있다. 어른들은 이것을 너무나 당연한 것처럼 생각하지만, 아이가 숟가락을 식탁에 잘 놓는 것도 반드시 칭찬해줘야 한다. "우리 아들은 숟가락, 젓가락도 이렇게 예쁘게 잘 놓네" 하면서 말이다.

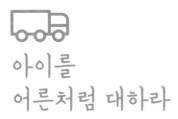

아이를
어른처럼 대하라

아이들은 어릴 때 어른 흉내 내는 것을 좋아한다. 여자아이들은 엄마 화장품을 몰래 바르고, 거울에 비친 빨간 입술을 보며 엄마 흉내를 내곤 한다. 엄마의 립스틱이 금방 닳는 이유는 바로 이것 때문이었는지도 모른다. 어릴 때 아이들이 가장 많이 하는 소꿉놀이는 바로 엄마와 아빠를 흉내 내는 놀이다. 이상하게도 어릴 때는 빨리 어른이 되고 싶은지 어른 흉내를 많이 내려고 한 것 같다.

여자아이들은 엄마 역할을 하고, 남자아이들은 아빠 역할을 하고 논다. 가르쳐주지도 않았는데 성대모사도 곧잘 한다. 현실을 그대로 반영한 것인지, 소꿉놀이에서도 남자아이들은 여자아이에게 혼이 난다. 일찍 집에 들어오라는 대사를 한다든지, 술 좀 조금만 마시라는 둥 엄마가 하는 말을 그대로 복사한다. 거의 여우주연상을 받을 만한 연기를 하기도 한다.

나도 어릴 적에 이런 소꿉놀이를 하며 자랐다. 그때는 친구들과 하는 소꿉놀이가 제일 재미있었다. 비록 연기자가 되지는 못했지만, 그때 소꿉놀이는 원 없이 한 것 같다. 하지만 요즘 아이들은 친구들과 소꿉놀이를 할 시간도, 공간도 거의 없는 것 같다. 친구네 집에 가서 노는 일도 요즘에는 거의 찾아보기가 힘들어졌다. 놀이터에 가서 친구들과 노는 것도 마찬가지다.

아이들은 자기에게 어리다고 말하면 굉장히 싫어한다. "내가 뭐 맨날 아기인 줄 안다니까?" 이 말을 이미 들어본 적이 있거나, 아니면 곧 이 말을 들을 날이 올지도 모른다. 아이들은 자기가 이제 다 컸다며 너무 어린애 취급하지 말라고 한다. 행동은 아이처럼 행동하면서 대우는 어른처럼 해달라고 하는 아이들의 모습이 너무나 웃기면서도 귀엽다. 한편으로는 이기적인 행동이기도 하다. 본인이 불리하면 아이처럼 행동하고, 유리하면 어른인 척하는 것이다.

아이들도 무엇이 나쁜 행동이고 좋은 행동인지 잘 알고 있다. 한마디로 말해서 하지 말아야 할 것과 해야 하는 것을 안다는 것이다. 그런데 이것을 알면서도 엄마, 아빠를 힘들게 하기도 한다. 아이들의 청개구리 같은 행동 때문에 우리는 서로 힘든 시간을 보내기도 한다. 아이들은 원래 자라면서 그런다고 하지만, 청개구리 같은 아이를 키우는 부모의 마음은 힘들기만 하다. 웅덩이를 밟으면 옷이랑 신발이 젖는다고 그렇게 말해도, 어느새 청개구리는 웅덩이에

발을 넣고 첨벙첨벙 신나게 웃고 있다.

물론 어른이라고 해서 아이에게 부모의 말이 무조건 다 정답이라고 해서도 안 된다. 부모의 말에 무조건 순종하고 따라야 한다고 강요해서도 안 된다. 초등학교 고학년이 되면서부터 아이들은 조금씩 삐딱해지고, 부모의 말에 토를 달고 반항하는 시기가 온다. 어른들은 여전히 아이들을 그저 어린아이로만 여기고, 삐딱한 모습을 못 마땅해하며 더 다그치기도 한다. 그러면 아이들은 '삐딱선'을 타고서 더 멀리멀리 가려고 한다.

우리 어른들은 아이들이 조금씩 변하는 시기를 맞이할 때 어떻게 대화해야 하는지 따로 교육을 받은 적이 없다. 아이들은 어른들의 말을 들어야 하고, 부모는 아이가 말을 듣지 않으면 혼을 내야 한다고 생각한다. 아이들은 부모의 말 한마디 한마디가 자신을 구속하는 듣기 싫은 소음이라고 생각하는 것 같다. 그리고 왜 자꾸 귀찮게 하냐는 아이의 말투는 부모의 눈에 몹시 거슬리는 것이 아닐수 없다.

최근에 한 '맘까페'에 식탁에서의 밥상머리 교육에 대한 글이 올라왔다. 밥을 먹다가 아빠가 하는 잔소리 몇 마디에 중학생 아들은 아빠에게 "밥맛 떨어지게 왜 그러냐?"라며 예민하게 반응하게 되었다. 그 말을 들은 아빠는 노발대발했고, 엄마 역시 아이의 말에 놀라서 고민을 올리며 조언을 구하는 글이었다.

그날 밥상에서 일어난 일은 당연히 아이를 혼내는 자리였을 것이고, 아이는 밥을 먹고 있었을 것이다. 부모에게 그렇게 말한 것은 당연히 잘못한 일이지만, 아이의 이야기는 듣지도 않은 채 무조건 일방적으로 말한 아빠에게도 문제가 있다. 아이를 혼낼 때는 조금 더 조심하고 신중하게 생각하고 말해야 한다. 당연히 이론으로는 알고 있지만, 그 상황에서는 이론이고 뭐고 일단 화부터 내거나 다그치는 것이 먼저가 되고 만다.

만약 아이를 어른이라고 생각하고 잘못한 점을 지적한다고 해보자. 그러면 말하는 태도부터 달라질지 모른다. 뭔가 더 조심스럽게 말할 것이고, 서로 기분이 상하지 않게 말하려고 애를 쓸 것이다. 말할 때 상대방을 배려하는 마음이 깔려 있기 때문이다. 하지만 정작 내 아이에게 말할 때는 아이를 배려하는 마음보다는, 무조건 어른이니까 아이를 혼내도 된다고 생각하는 것이 문제다.

아이를 나무라거나 혼을 낼 때는 어른한테 하는 것처럼 말하는 연습을 해야 한다. 내가 더 어른이니까 내가 하는 말을 무조건 들어야 한다고 생각하면 위험하다. 아이들이 사춘기에 접어들면 어른들의 이야기를 한쪽 귀로 듣고, 한쪽 귀로는 흘린다. 그것은 듣고 싶은 것만 듣겠다는 것이다. 이럴 때는 말 안 듣는 어른이 집에 있다고 생각해야 한다.

아이들도 자신이 잘못한 행동에 대한 변명과 핑계를 댈 수 있다. 물론 왜 그랬냐고 물어보면 들어보나 마나 지난번에 들었던 이유와 비슷하다. 이것은 엄마, 아빠를 더 화나게 만드는 이유이기도 하다. 그래도 엄마, 아빠는 평정심을 유지하고 다정하게 들어주며 논리적으로 설명해줘야 한다. 물론 잘 안 되겠지만 이것도 연습이 필요하다. 말 안 듣는 어른과 살려면 어쩔 수 없다. 말 잘 듣는 어른이 될 때까지는 잘 참고 들어줘야 한다.

아이들도 나중에 커서 어른이 되면 그때는 이해하고 공감할 테니까 말이다. 그런데 무조건 아이의 심기를 건드리지 않으려고 하다 보면, 오히려 부모가 아이에게 끌려다닐 수도 있다. 아이들에게는 우리가 모르는 두 얼굴이 존재한다. 아이에게 너무 쩔쩔매다 보면 아이가 부모를 조종하는 집도 있다.

부모가 아이를 너무 조종해서도 안 되고, 아이가 부모를 조종해서도 안 된다. 아이와 부모는 서로 절충점이 필요하다. 아이에게는 적당한 자유와 책임을 지게 하고, 부모도 지나친 간섭과 어른 행세를 줄여야 한다. 누군가를 조종하려는 것은 정말 위험한 행동이고, 일어나서도 안 될 일이다. 집에 있는 강아지도 주인이 너무 지나친 조종을 하면 이빨을 드러내며 공격할지도 모른다.

옛말에 '사위는 백년손님'이라는 말이 있다. '사위는 영원한 손님'이라는 뜻으로, '언제나 소홀히 대할 수 없는 존재'임을 비유적으로 이르는 말이다. 우리도 우리 아이를 손님처럼 대할 수 있을까? 손님한테 소리 지르고, 잔소리하며, 혼내도 될까? 당연히 안 된다. 당연히 그렇게 할 수 없다. 어떻게 손님한테 그렇게 할 수 있단 말인가? 앞으로 얼마나 이렇게 말 안 듣는 손님을 잘 모시고 살아야 할까?

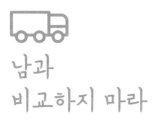

남과
비교하지 마라

다른 사람과 비교당하는 것은 그렇게 기분 좋은 일이 아니다. 누군가가 나를 다른 사람보다 더 못하다고 말하거나, 나의 단점을 상대방과 비교해서 말하는 것을 좋아하는 사람은 없다. 하지만 이상하게도 우리는 일상에서 남과 비교하는 말을 자주 한다. 누군가가 나를 다른 사람과 비교하며 말하면 싫어하면서, 우리는 다른 사람을 비교하고 평가하는 말을 너무 쉽게 하는 경향이 있다.

부모는 자녀를 키우다 보면 다른 집 아이와 내 아이를 자꾸 비교하게 된다. 어느 부모나 자기 자식을 다른 아이와 비교해서 말하고 싶지 않지만, 현실에서는 늘 비교가 된다. 갓난아기 시절에는 비교라는 것 자체가 없다. 갓난아기는 그 존재 자체로 사랑받는다. 세상 그 누구보다도 소중한 존재이기 때문에 비교 자체가 불가능하다. 하지만 시간이 흘러 아이가 커서 어린이집에 다니게 되고, 학교에 가게 되면 이야기가 달라진다.

아이가 학교에 입학하는 순간, 같은 또래의 아이들은 다 내 아이의 비교 대상이 된다. 그리고 주변의 모든 친한 친구들은 겨루어야 할 경쟁자이자 비교 대상이 된다. 남과 경쟁하다 보면 어쩔 수 없이 비교할 수밖에 없다. 예를 들어, 만약 어떤 사람이 그린 그림은 제법 잘 그렸고, 다른 한 사람이 그린 그림은 그저 그렇다면 사람들은 당연히 잘 그린 그림에 환호한다. 그리고 그저 그런 그림을 보고는 "그림이 별로인데?"라고 말할 것이다.

비교라는 것은 내가 하고 싶어서 하는 것이 아니라, 본능적으로 머리와 가슴이 내린 결정이 입을 통해 전달되는 것이다. 아무리 열심히 그림을 그렸다고 해도 비교와 평가가 이루어지고, 잘하고 못함을 평가받는다. 과정보다는 결과에 따라 판단해버리는 것을 당연하게 여기는 시대가 되었다. 하지만 지금은 저평가받고 있는 그림이 100년 후에는 걸작으로 평가받을지도 모른다. 비교는 세상의 어떤 것도 피해가지 못하고, 항상 주관적이다.

어른들도 사회생활을 하면서 비교 속에서 살아가고, 아이들도 마찬가지로 학교 현장에서 비교를 당하며 살아간다. 공부를 잘하는 아이, 공부를 못하는 아이, 그리고 예쁜 아이, 못생긴 아이, 운동을 잘하는 아이, 운동을 못하는 아이 등등 셀 수 없을 정도로 비교의 목록은 차고 넘친다. 어른들은 일 잘하는 사람, 일 못하는 사람, 그리고 예쁜 사람, 못생긴 사람 등으로 비교당한다. 너무 비슷해서 놀랍다.

나의 중학교 시절의 이야기다. 학교에서 예쁜 여자아이들은 늘 선생님의 관심과 사랑을 독차지했다. 반 전체가 잘못해도 예쁜 여자애들은 혼이 덜 나고, 나머지 아이들은 매를 맞아도 더 맞았다. 그때도 불합리하다고 느꼈지만, 지금 생각해도 그때 선생님들은 외모로 차별했던 것 같다. 사실 안 예쁘고 싶은 사람이 어디 있을까? 외모로 판단하는 것은 어떤 환경에서도 통하는 비교 중 하나다. 예쁘면 뭐든지 유리한 것이 사실이었다.

옛날 유행했던 유머 중에서 외모를 비교하는 이야기가 기억난다. 어느 마을에 사또가 새로 부임을 하게 되었고, 그날은 죄인들을 신문하고 형벌을 내리는 날이었다. 여자 죄수들이 끌려 나오고 그 마을에서 가장 미모가 뛰어난 여자의 차례가 되었다. 죄목을 다 들은 사또는 "얼굴을 들라" 한 후, 여자의 얼굴을 보고 나서는 "이렇게 예쁜 여자가 얼마나 힘들었으면 그랬겠나?"라며 죄를 감해주었다.

다음으로 끌려온 여자도 역시 죄목을 다 이야기했고, 사또는 "얼굴을 들라" 하고 말했다. 그 여자는 그 마을에서 가장 못생긴 것으로 유명했다. 이때 얼굴을 본 사또는 그 여자에게 "못생긴 것이 생긴 대로 논다"라며 당장에 옥에 가두라고 했다. 사실 첫 번째 여자와 두 번째 여자의 죄목은 같았다. 하지만 죄의 형량은 완전히 달랐다. 비록 웃자고 하는 이야기지만, 그냥 웃고 넘어가기에는 외모를 풍자한 씁쓸한 이야기다.

아이들이 제일 싫어하는 것 중 하나가 바로 공부로 비교당하는 것이다. 공부를 잘하는 아이와 공부를 못하는 아이는 항상 비교 대상이다. 성적만으로 아이들을 서로 비교한다는 것은 너무나 획일적이고 속상한 방법이다. 아이들이 가지고 있는 다양성보다 공부 한 가지로 아이를 평가한다는 것이 너무 안타깝다. 공부가 인생의 전부도 아니고, 행복이 반드시 성적순이 아니라는 것을 알고 있음에도 불구하고 여전하다. 하지만 지금도 공부를 못하는 학생은 잘하는 학생에게 늘 비교 대상이 된다.

내 아이를 자꾸 다른 집 아이와 비교하다 보면 아이에게 자꾸 다른 집 아이의 이야기를 하게 된다. "다른 집 아이는 공부를 그렇게 잘한다는데 너는 왜 이렇게 열심히 하지 않느냐"며 다그치는 일이 생긴다. 그러면 아이는 자꾸 비교만 하는 엄마가 미워질지도 모른다. 엄마는 자꾸 다른 아이와 비교하다가 내 아이를 바르게 보는 마음의 시력까지 멀어질지도 모른다. 내 아이의 단점만 계속 들추어 비교하면, 어느새 엄마와 아이의 관계까지 위험해진다. 맨날 다른 아이와 비교당하면서 받을 아이 마음의 상처는 알지 못한다.

엄마는 아이 앞에서 하지 말아야 할 말을 그냥 아무렇지도 않게 말하는 경우가 있다. "누구네 집 애는 그렇게 공부를 잘한다더라", "그런데 너는 잘하는 것이 하나도 없으니 속상해 죽겠다"라는 말을 너무 쉽게 한다. 극단적인 비교를 하면서 아이를 공격하고 속상하게 만든다. 문제는 엄마 스스로가 이렇게 말하는 것을 별 대수롭지 않게 생각한다는 것이다. 엄마 자신은 틀린 말을 하지 않았고, 맞는 말만 했다고 생각하고 넘어가기 때문이다.

만약 아이가 엄마를 잘사는 옆집 엄마와 비교한다거나 또는 잘나가는 친구의 엄마와 비교하면서 말했다고 해보자. 그러면 어떤 기분이 들지 한 번도 상상해보지 않았을 것이다. 만약 아이가 다른 집 엄마와 비교하면, 아마도 엄마는 노발대발할 것이다. "지금까지 너를 어떻게 키웠는데 네가 그런 말을 할 수가 있냐?"라며 속상해 할지도 모른다. "엄마는 왜 옆집 엄마처럼 부자가 아니냐?"라고 한다면 어떻게 하겠는가? 또는 "친구 엄마는 예쁘고 젊은데 엄마는 왜 이렇게 못생기고 늙었냐?"라고 하면 할 말이 없다. 아이들도 똑같다. 엄마가 하는 말을 듣고 마음속으로 그저 조용히 울고 있을 것이다.

아이가 무엇을 잘하는지, 무엇을 좋아하는지 잘 관찰한 엄마는 아이의 좋은 점을 금방 찾아낼 수 있다. 그리고 다른 아이와 비교할 필요도 없다. 내 아이는 내 아이대로 가지고 있는 매력이 따로 있다. 그 매력이 지금 당장 공부로 나타나지 않았을 뿐이다. 요즘은 워낙 자기 개성이 뚜렷하고 자기가 원하는 것이 분명한 아이들이 많다. 일찍부터 자신의 진로를 결정하고, 자신이 좋아하는 것을 잘하면 되는 것이다.

남의 집 자식은 결국 남의 집 자식이고, 내 자식은 누가 뭐래도 내 자식이다. 남의 집 자식이 잘한 것을 말해서 무엇하겠는가? 남의 집 자식은 칭찬하고, 내 자식에게는 상처받을 말만 해서 무엇하겠는가? 다 내 자식 잘되라고 하는 말이지만, 비교는 서로에게 상처만 주고받는 아주 속상한 방법이다. 나도 싫으면 남도 싫고, 내가 좋으면 남도 좋다. 사람은 다 똑같다. 나를 좋아해주고 아껴주면 나도 상대방에게 똑같이 잘해주고 싶은 것이 사람의 마음이다. 아이들도 듣는 귀가 있고, 생각하는 머리가 있다. 남과 비교하기 전에 먼저 내 아이의 매력부터 찾아보자.

친구 같은
대화 상대 되어주기

중학생 아들에게 친구처럼 다정하게 말하고 싶어서 다가가면 "왜 이러냐?"면서 정색한다. 당연히 엄마를 친구로 생각하지 않겠지만, 가까이 다가가서 말이라도 하려고 하면 아들이 부담스러워해서 난감할 때가 있다. 사실 엄마의 어설픈 대화 시도하기는 오히려 아들에게 점수만 잃은 게 아닌가 하는 생각이 든다. 아들이 예민한 시기라는 것을 알기에 심기를 건드리지 않으려고 하는데, 그러다 보면 늘 대화가 부족하게 느껴진다.

중학생 자녀가 있는 집은 대부분 대화가 아주 짧든지, 심각하든지 둘 중 하나다. 아주 짧은 대화는 말 그대로 완전 단답형으로, "알았어", "알았다고"로 끝난다. 이것은 대화라고 하기에도 무색할 정도다. 반대로 심각한 대화는 벽을 보고 말하는 듯한 심각한 상황을 만들기도 한다. 그뿐만 아니라 목소리까지 날카로워지는 무서운 대화가 이어진다. 이러니 부모와 자식 간에 대화다운 대화를 하기가 어려운 것이다.

아이들은 초등 고학년이 되고 중학생이 되면, 친구를 부모보다 더 친밀한 관계로 생각한다. 친구에게는 한없이 상냥하지만, 부모에게는 쌀쌀맞게 행동하고 말한다. 지금까지 먹이고, 가르치고, 길러준 은혜에 보답은 없고, 전혀 앞뒤가 안 맞는 행동을 하기 시작하는 것이다. 강아지도 본인을 예뻐해주면 주인에게 목숨을 바쳐 충성한다는데 아이들은 왜 이럴까? 우리가 아이들에게 충성까지 바라는 것도 아니다. 하지만 이 시기만 되면 아이들은 배신자 아닌 배신자가 되기로 한 것 같다.

중학생과 대화하는 법을 정확하게 알려주면 좋겠다. 이런 상황에서는 이렇게 말하고, 저런 상황에서는 저렇게 말해야 한다는 공식처럼 말이다. 수학은 공식에 대입해서 풀이하면 정답이 확실하게 나오지만, 중학생과 대화에서는 어떤 공식이 먹힐지가 궁금하다. 너무나 다양한 성향을 가지고 있는 아이들에게 공식을 대입한다고 해서 답이 나올 리가 없다. 그래서 정해진 답이 없는 것 같다. 우리 집에서는 통해도 다른 집에서는 통하지 않기 때문이다.

아이와 신경전을 하고 돌아서면 '내가 더 참을걸' 하는 생각이 들기도 한다. '나는 어른이고 아들은 아직 어린데 내가 너무 어른스럽지 못했나?' 하는 생각도 든다. 그런데 이럴 때마다 다 컸다고 어른스럽게 행동하기를 바라는 마음과 그래도 아직 어리다는 두 가지 마음이 늘 공존하며 갈등하게 된다.

"네가 아직도 애니? 이제 스스로 할 수 있는 나이잖아!"
"알았어."

"아이고 우리 아기, 학원 갔다 왔어?"
"응."

자녀와 대화할 때 가장 중요한 것은 자녀의 마음을 잘 읽고 공감하는 것이라고 전문가들은 한목소리로 말한다. 그런데 그 마음을 읽는 방법이 정확히 어떤 것인지 알 수가 없다. 아이가 어릴 때는 어느 정도 맞출 수 있었는데, 커가면서 아이의 마음 읽기가 점점 더 어려워진다. 예를 들어, 걱정을 해줘도 싫다고 하고, 조언을 해줘도 듣기 싫어하고, 말만 하면 귀찮아하니 어떻게 맞춰야 할지 당황스럽기만 하다.

아이가 자꾸 싫다고 부모를 밀어내면 참는 것도 힘들고, 대화도 힘들어 부모는 결국 한계에 이른다. 그런데 부모가 먼저 폭발하면 더 큰일이 일어난다. 아이가 폭발해도 큰일이지만 어른이 폭발하면 뒷감당하기가 두 배로 힘들다. 만약 아이와 대화하기로 했다면 잘 참고 해야 한다. 화가 날 수도 있지만, 어른인 우리가 잘 달래가며

해야 한다. 어른이 더 많이 참고 대화를 끝까지 평화롭게 이끌어가야 한다. 쉽진 않겠지만 말이다.

대화할 때 아이에게 말을 퉁명스럽게 하는 엄마가 있고, 상냥하게 말하는 엄마가 있다고 해보자. 자신은 과연 어느 쪽인지 한번 생각해볼 필요가 있다. 항상 퉁명스럽게만 하지는 않았겠지만, 이상하게도 아이와 대화하다 보면 자동으로 말투에 날이 서는 엄마가 있다. 어른들은 아이가 자꾸 삐딱하게 구니까 말이 예쁘게 안 나온다는 핑계를 대기도 한다. 아이들이 핑계를 대듯이 어른들도 핑계를 대는 것이다.

"넌 왜 엄마한테 이렇게 말하는 거야?"
"그렇게 말하지 말라고 몇 번 말했어?"
"아직도 정신 못 차렸구나, 응?"

아이에게 다정하게 말할 수는 없을까? 누가 들어봐도 기분이 나빠지는 말투로 말하면 아이의 마음도 불편하다. 아이가 싫어하는 말투로 말하지 말고, 억지로 강요도 하지 말고, 최대한 아이가 기분 나쁘지 않게 부드럽게 하자는 것이다. 그렇다고 무작정 아이가 원하는 대로만 하는 것이 아니다. 지혜롭게 아이가 좋아할 만한 상황을 이용하자는 것이다. 기분이 좋아 보일 때 이야기하면, 더 대화가 잘될지도 모른다.

"아들, 너 좋아하는 간식 줄까?"

"오늘 컨디션이 좋아 보인다. 기분 좋은 일 있어?"

"오늘따라 교복이 잘 어울린다."

최대한 부드럽게 이끌어가는 말투로 대화를 시작해야 한다. 이것도 상황을 잘 보고 파악해서 적용해야 한다. 엄마가 평소에 안 하던 행동을 한다면, 아이가 비꼬면서 대화를 시작하면 불길하다. 너무 과하지 않게 칭찬하고, 부드럽게 대화를 시작해보자. 그러면 아이도 분명 엄마의 마음을 조금은 읽을 수 있을 것이다.

아이를 부를 때 이름 대신 "야!"라고 부르는 엄마들도 있다. 이름을 부르는 대신 "야!"라고 불렀다는 것은, 엄마가 지금 화가 많이 났다는 신호다. 그 말투에는 이미 가시가 돋아 있고 무서운 예감이 든다. 엄마가 어떻게 하느냐에 따라서 평화로운 대화를 할 수 있을지, 없을지를 알 수 있다. 엄마의 감정만 소중하고, 아이의 감정은 엄마 마음대로 다루어도 된다고 생각하면 안 된다.

대화할 때 가장 중요한 것은 상대방의 감정을 건들지 않는 것이다. 괜히 말 한마디 잘못했다가 서로 싸움이 생기기도 한다. 부모와 자식 간에도 마찬가지다. 내 자식의 감정도 소중하기에 건드리지 말고 말하는 것이 중요하다. 오해가 생기지 않도록 말해야 한다. 그런데 엄마들은 아이들의 감정을 너무 쉽게 생각한다.

부모가 원하는 것은 아이와 싸우는 것이 아니라 진정한 대화를 하는 것이다. 아이와 다정하게 대화하는 것이 우리의 최종 목표다. 자녀를 키우다 보면 근심과 걱정이 따르기 마련이다. 문제를 해결하는 가장 좋은 방법은 대화로 풀어나가는 것인데, 그게 가장 어려운 방법이기도 하다. 우리는 이 어려운 방법을 통해 아이와 평화롭게 잘 지내야 한다. 과연 우리가 자녀의 진정한 대화 상대로 합격할 수 있을지 걱정이다. 모두 합격을 기원한다.

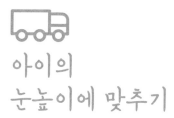

아이의
눈높이에 맞추기

어린아이와 말할 때 어른들은 자신의 키를 낮춰서 숙이고, 아이의 눈높이에 눈을 맞춘 다음 이야기를 시작한다. 키가 작은 아이가 어른에게 맞추는 것은 어려운 일이다. 그래서 어른이 허리를 숙이고 높이를 맞춰주는 것이다. 그런데 아이가 점점 자라면 어른들은 이제 허리를 숙여서 눈높이를 맞추려고 하지 않는다. 다 큰 애한테 무슨 눈높이를 맞춰서 말해야 하냐는 것이다. 이제는 허리를 숙여서 말할 필요가 없다고 생각하는 것인지도 모르겠다.

눈높이의 또 다른 말은 바로 '배려'일지도 모른다. 상대방을 배려하는 마음이 있기에 눈높이를 맞춰서 말하려고 하는 것이다. 그러면 아이가 컸다고 배려가 필요없어지는 것일까? 아니다. 모든 사람은 나이가 들고 죽을 때까지 상대방을 배려하면서 살아야 한다. 그런데 너무 가까운 사이가 되면 오히려 배려하지 않고 함부로 대하는 경우가 있다. 나와 가장 가까운 가족에게 오히려 배려가 부족하지 않았나 하는 생각이 들 때가 있다.

어른의 눈높이와 아이의 눈높이는 당연히 차이가 날 수밖에 없다. 아이들의 눈높이는 어른이 보기에 유치할 것이고, 어른들의 눈높이는 아이가 보기에 고리타분할 수도 있다. 그래서 늘 의견이 달라 부딪히게 된다. 어른들이 좋아하면 아이들은 싫고, 아이들이 좋아하면 어른들이 재미없어한다. 한 명은 무조건 콜라를 먹어야 하고, 다른 한 명은 무조건 사이다를 먹어야 하는 그런 상황이 펼쳐지는 것이다. 주머니에는 음료수 한 병밖에 살 돈이 없는데 말이다.

어떤 집은 놀러 갈 때마다 장소를 어른들이 좋아하는 곳으로만 정해 아이들이 불만을 터뜨린다. 음식도 어른들이 좋아하는 것만 가져가고, 아이들이 좋아하는 것은 서비스 정도로 가져간다는 것이다. 완전히 어른의 눈높이에 맞춘 휴가를 보낸다. 아이들은 수영장에 가고 싶지만, 어른들은 항상 계곡으로만 물놀이를 가곤 했다.

아이가 어릴 때는 아이가 사달라고 하는 것을 모두 사주는 부모가 있다. 이것이 아이를 사랑하는 방법이고, 아이의 눈높이를 맞춰주는 것이라고 생각하기도 한다. 자기 자식을 위해 사준다는데 뭐라고 할 사람은 아무도 없다. 그런데 아이가 사달라고 하는 것을 모두 사주기 시작하면 커서도 원하는 것을 다 사줘야 한다. 어쩌면 그때는 감당하기 힘들지도 모른다. 이것은 아이의 눈높이를 맞춰주는 것이 아니라 오히려 버릇을 잘못 들이고 있는 것일지도 모른다.

아이가 울고 있으면 토닥토닥해주며 왜 우는지 이유를 물어봐주는 것도 아이의 눈높이를 맞춰주는 것이다. 아이들끼리 다툼이 생기면 자초지종도 들어보고 올바르게 판단해주는 것이 부모의 몫이다. 아이와 눈높이를 맞춘다는 것은 아이의 생각을 들어주는 것이기도 하다.

중학생이 되어버린 아들과 눈높이를 맞추는 것은 여간 어려운 일이 아니다. 아들의 눈높이가 사실 뭔지 잘 모를 때가 많다. 이랬다저랬다 하기도 하고, 기분 상태가 자기 마음대로여서 어디에 장단을 맞춰야 할지 혼란스러울 때가 여러 번이다. 외동인 아들은 형제가 없어서 서로 싸울 일은 없지만, 혼자만의 세계를 너무 좋아하는 것 같다. 아들과 눈높이를 맞추려면 방문을 열지 않고 가만히 두어야 하는 것이 아닌가 하는 생각이 들기도 한다.

예전에 패밀리 레스토랑이 유행한 적이 있다. 그곳에서는 직원들이 무릎을 꿇고 손님의 눈을 바라보며 주문을 받는 것으로 유명했다. 직원이 다정하게 주문을 받으니 기분이 좋을 수밖에 없다. 손님은 대접받고 있다고 느끼며 기분 좋은 식사를 할 수 있다. 상대방을 배려하고 맞춰주면 이렇게 기분 좋게 밥을 먹을 수 있다.

집에서 밥을 먹기 전, 엄마와 아이의 상황을 한번 떠올려보자. 엄마는 먼저 아이에게 밥을 먹으라고 부를 것이다. 처음에는 당연히 우아한 목소리로 아이의 이름을 부르며 밥을 먹자고 할 것이고, 두 번째까지도 괜찮다. 하지만 세 번째는 보나 마나 소리를 지르고 있을 것이다. 빨리 안 오냐며 지금 바로 안 오면 밥 다 치운다고 하면서 말이다. 패밀리 레스토랑과 너무 비교된다. 그렇다고 엄마보고 무릎 꿇고 아이에게 밥 먹으라고 하라는 것은 아니다.

아이는 숙제를 나중에 한다고 하고, 엄마는 지금 바로 하라고 하면서 서로 의견이 충돌할 때가 있다. 아이는 무슨 꿍꿍이인지 몰라도 숙제를 조금 있다가 한다고 한다. 아이를 믿어야 하는데 엄마들은 꼭 한마디를 해서 아이 성질을 건드린다. 아이의 의견을 존중하라고 그렇게 들었어도 엄마들은 당장에 하라고 소리 지른다. 그래서 아이들이 방문을 닫거나 대화를 하지 않으려고 하는 것인지도 모른다.

그냥 내버려두자니 안 되겠고, 말을 걸면 대꾸도 잘 안 하고 눈높이 맞춰주기가 너무 어렵다. 사춘기 아이들의 눈높이는 도대체 어디에 맞춰야 할지 날마다 보물찾기 하듯이 찾고 있다. 사실 눈치를 보고 있다고 하는 것이 맞는 표현이겠다. 말 한마디만 해도 본인 마음에 안 들면 괜히 짜증을 내니 말하기도 전부터 조심스럽다. 아들아, 어떻게 해야 너의 눈높이를 맞출 수 있을지 궁금하다.

한번은 아들이 학원을 가는데 양말을 신지 않아서, "왜 양말을 안 신었냐?"라고 말했다가 아들한테 눈총을 받았다. 눈에서 레이저가 발사되고 날카로운 목소리가 나왔다. 엄마인 나로서는 걱정되는 마음에 한 말이었는데, 그 말이 거슬렸나 보다. 당연한 질문에도 이렇게 까칠하게 대답하는 중학생 아들의 마음을 읽기가 너무 어렵다. '양말을 신고 가든지 말든지 신경 쓰지 않는 것이 아들의 눈높이에 맞춰주는 것일까?' 하는 생각도 들었다. 정말 나도 눈에서 막 레이저가 나오려고 한다.

내가 낳아서 지금까지 키웠으니 스스로가 아들을 제일 잘 안다고 생각했지만, 요즘은 내가 알던 내 아들이 맞나 하는 생각이 든다. 그렇게 귀엽고 착하던 아들의 모습이 자꾸 생각나고, 말 잘 듣던 아들이 그립다. 그때는 엄마 말이라면 뭐든지 믿고 따랐는데, 이제는 엄마 말을 귀담아듣지 않는 중학생 아들의 행동을 보며 날마다 참을 인(忍)을 무한 반복으로 새기고 있다.

날마다 나는 아들의 눈높이를 맞춰주는 엄마가 되려고 눈치를 보고 있다. 아들은 이런 엄마의 마음을 알고 있을지 모르겠다. 아마도 아무 생각 없을 것이다. 생각이 있다면 엄마에게 그렇게 모질게 말하지 않을 테니까 말이다. 나는 그래도 이런 아들을 사랑한다. 왜냐하면 이것은 감기처럼 지나갈 것이기 때문이다.

내가 생각하는 아들의 눈높이는 그렇게 높지도 낮지도 않다. 하지만 그 높이가 굉장히 애매하고 상황에 따라 달라져서 맞추기가 어려울 뿐이다. 아들의 눈높이가 아무리 맞추기 힘들다 해도, 지금은 내가 맞춰주는 엄마가 되기로 했다. 나는 오늘도 낮은 엄마가 되기로 했다. 아들의 눈높이가 바뀔 때마다 나는 나를 낮춰서 기꺼이 맞춰주고 싶다.

5장

아이를 믿어주는 것이
최고의 교육이다

아이의 미래는
아이가 상상하게 두자

요즘 아이들에게 꿈이 뭐냐고 물어보면, 많은 아이들이 꿈이 없다고 말한다. 세상에 직업이 얼마나 다양하고 많은데 꿈이 없다니, 우리 때와는 많이 다른 것 같다. 초등학교 저학년 아이들은 그래도 꿈이 있고, 되고 싶은 것이 있다고 말한다. 하지만 초등학교 고학년이 되고 중학생, 고등학생이 되면 꿈이 안갯속에 있는 것처럼 점점 희미해진다. 꿈을 꾼다고 돈이 드는 것도 아닌데, 아이들이 자신의 꿈을 말하지 못하는 것이 안타깝다. 설마 진짜 꿈이 없는 것은 아니겠지?

우리가 어릴 때만 해도 아이의 꿈을 미리 정해주는 집이 있었다. 무조건 의사가 되어야 한다거나, 판사가 되어야 한다거나, 아니면 선생님이 되어야 한다는 조건을 걸고 공부하는 아이들도 있었다. 그런 집은 아이의 성적에도 아주 예민하다. 집에서 정해준 대학을 가려면 엄청난 노력을 해야 했고, 그만큼 결과로 보여줘야만 했다.

그런 아이들은 쉬는 시간에도 공부하느라 아이들과 이야기도 하지 않고 공부했던 것 같다.

우리가 살아온 시대와 미래의 아이들이 살아갈 시대는 많이 다른 모습일 것이다. 〈찰리와 초콜릿 공장〉이라는 영화에서 주인공의 아빠는 치약공장에서 치약 뚜껑을 검사하고 불량품을 골라내는 일을 하고 있었다. 그런데 어느 날 갑자기 공장은 기계화가 되었고, 직원들은 해고되고 말았다. 거기에는 주인공의 아빠도 포함되었다. 영화에서 사람들은 앞날을 알지 못했고, 결국 직장을 잃게 되었다.

지금 우리가 생각하는 유망한 직업이 미래에는 아닐 수도 있다. 그리고 사라질 직업 역시 많을 것이다. AI가 사람을 대신해서 많은 것을 하고 있고, 미래에는 그 범위가 더 확대될 것이기 때문이다. 요즘은 식당에만 가도 로봇이 음식을 가져다주고 있다. 미래는 우리가 상상한 것보다 더 놀라운 일들이 많이 일어날 것이다.

"꿈이 없다"는 아이의 말에 부모들은 걱정이 태산이다. 꿈이 있어도 그 꿈을 향해 달려가려면 힘든데, 아예 꿈이 없으면 언제 꿈을 찾을지 걱정이 이만저만이 아니다. 요즘 학교에서 보내는 설문조사 용지를 받아보면, 학생의 꿈과 부모의 꿈을 적는 곳이 따로 있다. 부모와 자식 간에 서로 싸우게 만들려고 하는 것도 아니고, 왜 꿈을 적는 곳을 따로 만들었는지 조금은 의아했다. 부모의 꿈은 항상 이

상적이고, 아이의 꿈은 어쩌면 현실적일지도 모른다.

나 역시 아들에게 꿈에 관해서 물어본 적이 있었다. 아들의 대답 역시 "꿈이 없다"였다. 어느 정도 예상은 했지만, 진짜 꿈이 없다고 말하는 것이었다. 아들은 꿈이 없다고 적었는데, 엄마인 나는 꿈을 적으면 왠지 아들에게 꿈을 강요하는 부모처럼 보일 것 같다는 생각이 들었다. 소심한 나는 빈칸으로 둔 채 설문지를 학교에 돌려보냈다. 선생님도 엄마의 마음을 이해해주셨을지, 아니면 이상한 엄마로 생각하셨을지 나 혼자서 전전긍긍했다.

한편으로는 걱정도 되지만 이 나이에는 이것이 정상이라고 생각하면 마음이 한결 편안하고 걱정도 덜 된다. 내가 걱정한다고 해서 갑자기 아들에게 꿈이 생기는 것도 아니다. 꿈은 본인이 스스로 꾸는 것이지, 부모가 대신할 수가 없다. 부모가 닦달해서 꿈을 이룬다고 해도 그 결과가 그렇게 좋지 않다는 것을 우리는 알고 있다. 우리도 그렇게 하면 안 된다는 것쯤은 알고 있다. 그래도 가슴 한쪽 깊숙한 곳에 작은 걱정덩어리가 자리 잡고 있다는 것을 느끼고 있다.

우리나라에서 이름만 대도 알 만한 유명한 영화배우나 가수들도 처음부터 관련된 대학의 학과를 다니지 않은 경우가 많다. 의대에 다니다가 배우가 너무나 하고 싶어서 영화배우가 된 경우가 있고,

또 다른 가수 역시 법대에 다니다가 가수가 너무나 하고 싶어서 진로를 변경한 사례를 자주 보게 된다. 여기서 중요한 것은 부모의 생각과 달리 아이가 너무나 하고 싶은 것은 따로 있다는 것이다. 부모님의 체면을 살려주려고 원하는 대학에 갔지만, 정말 자신이 하고 싶은 것은 따로 간직하고 있었다는 것이다.

지금 당장 꿈이 없다고 아이를 혼낼 필요가 없다. 부모가 원하는 대답을 쉽게 하면 혼날 일도 없지만, 아이는 혼날 각오를 하고 묵묵히 꿈이 없다고 하며 부모의 애간장을 태운다. 아이들도 어떤 직업이 좋은 직업이고, 어떤 일을 하게 되면 잘산다는 것쯤은 알고 있다. 어쩌면 아이들이 부모보다 더 잘 알고 있을지도 모른다. 아이들이 몰라서 꿈이 없다고 하는 것이 절대 아니라는 것이다.

사람은 누구나 자신의 한계를 측정할 수 있고, 자신의 상태를 어느 정도 파악할 수 있다. 자신이 잘하는 것과 못하는 것을 정확하게는 아니지만 나름대로 판단할 수 있다. 노래를 시켰는데 노래를 못하면 '나는 가수는 안 되겠구나' 하면서 느낄 수 있는 것들 말이다. 아이들은 자신의 미래를 그려나가는 과정 중에 있는 수련생들과 같다. 꿈도 자주 바뀐다. 언제는 소방관이 된다고 했다가, 언제는 축구선수가 된다고 했다가, 아침저녁으로 바뀐다. 이래서 수련생이라고 하는 것이다.

부동산으로 큰돈을 벌어서 부자가 된 사람의 이야기다. 그는 어린 시절 가난한 형편이었고, 아버지가 일찍 돌아가셔서 엄마가 혼자서 아들을 키웠다. 그런데 엄마의 마음을 아는지 모르는지 공부는 안 하고 방에서 맨날 게임만 하고 있었다고 했다. 살도 많이 쪄서 초고도 비만이 된 상태로 대인 기피증까지 갖게 되었다고 했다. 그에게는 꿈도 희망도 없었다. 그는 대학도 가지 못했고, 늘 PC방에서 게임만 하고 살았다고 한다.

그는 누가 봐도 실패한 인생이고 미래가 보이지 않는 듯했다. 그런데 우연한 계기로 그는 열심히 공부해서 괜찮은 대학에 들어갔고, 졸업 후 좋은 직장에 취직도 하게 되었다. 그리고 나중에는 부동산으로 큰돈을 벌어 엄마에게 효도했다고 한다. 그 사람은 "내가 아무리 실패한 인생처럼 보였어도 엄마는 나에게 한 번도 혼내지 않았다"라고 말했다. 자신을 믿어주었다는 것이었다. 엄마는 아들이 분명히 잘될 거라는 믿음이 있었던 것이었다.

지금 당장 좋은 대학에 들어갔다고 해서 성공했다고 말할 수 없다. 물론 좋은 대학에 들어간 것 자체는 칭찬받을 만한 일이다. 하지만 그것 역시 다시 시작이다. 좋은 직장에 들어가려면 또 열심히 해야 한다. 좋은 직장인 줄 알고 들어갔는데 현실은 그렇지 못해 실망만 한 채 퇴사하고 다른 직장을 알아볼 수도 있다. 미래는 알 수가 없다. 이 길로 가면 분명히 맞게 가고 있다고 생각하고 갔는데,

잘못된 길이란 것을 알면 다시 다른 길로 갈아타야 한다.

　미래는 그 누구도 알 수가 없고 본인이 예측했다고 해서 그대로 되는 것도 아니다. 부모의 예측이 아이의 미래를 결정지을 수도 없고, 아이가 원하는 방향으로 갔다고 해도 다시 방향이 틀어질 수 있다. 아이도 부모도 예측이 불가능하기는 마찬가지다.

　내 아이에게 해줄 수 있는 유일한 희망의 메시지는 바로 "너의 미래는 눈부시다"라고 말해주는 것이다. 그리고 "그 눈부신 미래를 그려갈 사람은 바로 너"라고 이야기해주는 것이다. 그러면 우리 아이가 스스로 그 미래를 행복하게 만들 수 있을 것이다. 지금 당장 꿈이 없다고 혼내지 말고 묵묵히 지켜보자. 아이의 미래는 아이가 상상하게 내버려두자.

'엄마는 항상 네 편이야'라고
말해주자

이 세상에 내 편이 있다는 것은 항상 든든하고, 마음이 놓이며, 왠지 모르게 안정감을 느끼게 해준다. 내 편이 있다는 것은 내가 언제든지 기댈 수 있는 아주 좋은 동반자가 있다는 것이다. 나를 보호해주고, 내가 필요로 할 때 언제든지 도와줄 수 있는 사람이 있다는 것은 정말로 행복한 일이다. 하지만 우리는 그것을 너무나 당연하게 생각해서 그 소중함과 가치를 알지 못한다.

우리는 가족이 되면 당연히 같은 편이라고 생각한다. 하지만 가족 내에서도 편이 갈라지고, 사이가 좋은 사람과 아닌 사람으로 나뉜다. 내가 아는 지인 중에는 친정 아빠와는 사이가 좋지만, 친정 엄마와는 사이가 좋지 않은 사람이 있다. 역시 가족이어도 그 안에서 또 다른 관계가 형성되고 편이 나뉜다. 지인의 친정 엄마는 아들을 너무 편애했고, 딸에게는 차별 대우를 했다. 어린 시절의 기억이 어른이 되어서도 서운함으로 남아 있었고, 그 관계가 쉽게 좁혀지지 않았다.

'엄마가 자녀들에게 좀 더 지혜롭게 대했으면 좋았을 텐데 왜 그러지 못했을까?' 하는 생각이 들었다. 옛날 어른들은 유독 아들을 선호하고, 아들을 더 귀하게 키웠다. 집안의 대를 이어야 하기 때문인 것도 있지만, 여러 가지 이유로 아들은 항상 딸보다 귀한 대접을 받았다. 그 지인의 가장 큰 불만은 바로 '도시락 반찬'이었다. 아들에게는 맛있는 소시지랑 계란프라이를 싸주고, 본인은 김치와 멸치만 싸주었다는 것이었다. 먹는 것으로 차별하는 것은 속상한 일이 아닐 수 없다. 친정 엄마가 거기까지 미처 신경을 못 쓴 것이 안타깝다.

우리 아들은 어릴 때 나에게 딱 붙어서 절대 떨어지지 않는 껌딱지였다. 맨날 엄마 볼에다 뽀뽀도 잘해주던 그야말로 사랑스러운 아이였다. 다른 집도 다들 그런지 모르겠지만, 우리 아들은 본인이 대학생이 되어도 엄마한테 뽀뽀해준다고 약속까지 했다. 하지만 그 맹세는 얼마 가지 않았다. 초등학교 고학년이 되자마자 뽀뽀는 물 건너갔다. 언제는 본인 옆에 딱 붙어 있으라고 하더니, 이제는 가까이 가면 저리 가라는 식이다. 계약 파기가 너무 쉽다. 구두로 약속하면 꼭 이런 일이 생긴다.

아무리 말썽을 피우고, 속상하게 해도 내 자식은 내 자식이다. 아무리 말을 안 듣는다고 해도 오늘부터 내 자식이 아니라고 말하지는 않는다. 물론 겁을 주려고 호적에서 뺀다는 엄포를 놓기도 하지만, 그것은 순전히 겁주기용에 불과하다. 하지만 이런 겁주기용 발언도 너무 자주 하면 아이가 진짜로 믿을 수도 있다. 요즘 아이들은 너무 즉흥적이고 충동적이어서 진짜로 그럴지도 모를 일이다.

아이에게는 엄마는 항상 너의 편이라는 것을 자꾸 이야기해줘야 한다. 아이가 자기의 마음을 언제든지 편하게 이야기할 수 있는 사람이 바로 엄마라고 생각하게 해주는 것이다. 그러면 고민이 있거나 걱정이 생길 때 가장 편한 엄마에게 본인의 마음을 털어놓고 이야기할 수 있다. 학교에서 안 좋은 일이 있었다든지, 친구들과 문제가 있다면 엄마에게 망설이지 않고 말할 수 있는 진정한 한 편이 되는 것이다.

한번은 내가 운동하느라 집에 늦게 도착한 적이 있었다. 평소 아들은 엄마가 오는지, 안 오는지 신경도 안 쓰더니 그날은 왜 이렇게 늦게 오냐며 왜 걱정시키냐고 전화를 했다. 듣던 중 반가운 말이었다. 맨날 내가 아들 걱정을 했는데, 그날은 아들이 내 걱정을 해주었다. 역시 우리는 한 편이 맞았다. 아들이 엄마 걱정을 한다는 것은 엄마를 소중한 사람이라고 생각한다는 것이다. '내가 아들을 잘못 키우지는 않았구나' 하는 생각이 드는 밤이었다.

아이가 잘하고 있을 때 옆에서 응원해주는 것도 좋지만, 반대로 그렇지 않을 때 옆에서 응원해주는 것이 훨씬 더 응원이 된다. 내가 어려울 때 도와주었던 사람의 호의가 더 오랫동안 기억나는 이유이기도 하다. 살다 보면 맑은 날도 있고 흐린 날도 있듯이, 아들의 마음도 맑았다가 흐렸다가 왔다 갔다 했다. 엄마는 네 편이라고 해도 어떤 날은 통하지 않은 날도 있다.

게임을 워낙 좋아하는 아들이 어느 날은 게임이 잘 안 되었는지 방에서 혼자서 화를 내고 있었다. 나는 방에서 소리가 나서 말도 걸어볼 겸 뭐가 잘 안 되냐고 물어봤다가 몇 초도 안 되어서 다시 나왔다. 표정이 너무 심각해서 더 물어볼 수도 없었다. 게임이 잘 풀리지 않으면 나중에 다시 하면 되는데 아들은 너무 진지했다. 게임을 놀이나 기분전환으로 생각하는 것이 아니라, 너무 진지하게 하는 것 같아서 약간은 걱정이 되었다.

'게임에서 졌다고 저렇게 기분이 안 좋을까?' 싶다가도 한편으로는 이해가 된다. 나도 취미로 운동을 하고 있는데 만약 상대방과 게임을 해서 지면 기분이 좋지만은 않다. 그래서 아들의 마음을 이해하지 못하는 것은 아니지만, 게임은 게임으로 끝나야 한다. 너무 큰 의미를 두어서는 안 된다. 하지만 이것은 순전히 내 생각이었고, 아들의 생각은 달랐다. 아들은 게임의 결과를 아주 중요하게 생각하는 것 같았다.

어느 날은 엄마의 말 한마디가 위로를 주기도 하지만, 어느 날은 엄마의 말이 오히려 성질을 건드리기도 한다. 내가 앞뒤 상황을 모른 채 이야기하거나 대답하면, 엄마는 자꾸 엉뚱한 소리를 한다며 오히려 핀잔을 듣게 된다. 그리고 내가 잘못 들었다고 아들에게 다시 말해달라고 하면, 한숨을 푹푹 쉬어대니 어느 장단에 맞춰야 할지 모를 때가 많다. 같은 편끼리 왜 이러는지 모르겠다. 같은 편한테는 잘해줘야 하는 거 아닌가?

변덕쟁이 같은 아들은 본인이 필요할 때는 목소리가 부드럽고, 본인이 귀찮을 때는 어찌나 매몰차게 말하는지 변덕이 죽 끓듯 하다. 엄마인 나는 그래도 같은 편이니까 참고 잘 대해주려고 하는데, 아들은 내 편이고 뭐고 상관이 없는 듯했다. 본인의 기분이 내키는 대로 행동하고 말한다. 본인이 불리하면 화를 냈다가, 평화로울 때는 나 몰라라 하는 아들이 아군인지, 적군인지 항상 고민하게 된다.

아이들이라고 고민이 없을 리가 없다. 어쩌면 어른들이 생각하는 것보다 훨씬 더 많을지도 모른다. 학교에서 생기는 고민이 있고, 집에서도 나름대로 고민이 있고, 학원에만 가도 생기는 여러 가지의 문제를 날마다 일상에서 마주한다. 친구들 사이에도 생기는 여러 가지 문제도 마찬가지다. 당연히 공부 말고도 걱정거리가 무수히 많을 것이다. 그것을 일일이 다 엄마에게 말하지 않아서 우리는 모르고 있을 뿐이다. 엄마는 자녀가 자신의 고민을 이야기할 때 기꺼이 들어줄 수 있는 자세가 필요하다.

엄마는 자녀의 모든 고민을 들어줄 수 있는 준비가 항상 되어 있다는 뉘앙스를 아이에게 자꾸 풍겨야 한다. 그래야만 아이는 자신의 이야기를 할 수 있다. 평소에 아이와 좋은 관계를 유지하는 것이 정말 중요하다. 그래야 아이는 엄마를 신뢰하고 이야기보따리를 풀 수 있게 된다. 부모와 사이가 안 좋은데, 본인의 고민을 말하고 싶은 아이는 아무도 없다. 부모와 자식 간에 사이가 안 좋으면 서로 편하게 이야기하기가 쉽지 않다.

가족끼리 네 편, 내 편을 나누는 것은 보기에 그렇게 좋지 않다. 그렇지만 나와 통하는 사람이 있다는 것은 좋은 것이다. 그것은 내 마음을 더 잘 알아주는 사람이 있다는 것이다. 아무리 아이가 울고 장난을 치며 말썽을 피우고 공부를 안 해도, 엄마는 항상 너를 세상에서 제일 사랑한다는 믿음을 줘야 한다. 진심은 통하게 되어 있다. 오늘 아이의 방에 조용히 들어가 안아주면서 이렇게 한마디 해주면 어떨까?

"엄마는 항상 네 편이야, 알지?"

아이의 그릇 크기는
아직 정해지지 않았다

겉모습만 보고 그 사람의 됨됨이를 판단하기란 쉽지 않다. 외모만 가지고 그 사람을 정확히 알기는 어렵다. 우리 아이들을 판단할 때도 마찬가지다. 당장 아이의 현재 모습만 보고 판단하기에는 우리 아이들이 아직 너무 어리다. 그리고 지금 우리 아이가 잘한다고 해서 계속 잘한다는 보장도 없다.

아이의 가능성을 알아보고 아이가 잘하는 것을 할 수 있도록 도와주는 것이 부모의 중요한 역할이다. 하지만 지나치게 간섭하거나 엄격하게 통제하는 것은 삼가야 한다. 또한, 지금 자녀가 공부를 잘하고, 못하고를 가지고 판단하는 것 또한 성급한 평가일 수 있다. 부모는 아이가 좋아하는 것을 무턱대고 무시하거나 못하게 막아서도 안 된다. 우리 아이가 커서 나중에 어떤 일을 하게 될지 아직 모른다. 심지어 아이들 본인도 자신이 미래에 무슨 일을 하게 될지 모른다.

'사람을 보면 그 사람의 그릇 크기가 보인다'라고 말하기도 한다. 그 말은 그 사람의 행동과 말, 그리고 그 사람의 사회적 위치를 보면서 가늠이 된다는 것이다. 성장하고 있는 학생을 보면서 꿈이 큰 경우에 그릇이 크다고 말하기도 한다. 과연 우리 아이들의 그릇의 크기는 이미 정해져 있을까? 어떤 그릇이 될지 그 그릇의 크기는 각자가 스스로 만들어가는 것이다. 지금은 아직 정해지지 않았다.

양육에 지쳐 있는 엄마는 자신의 아이의 엇나가는 모습을 보면서, 그릇의 크기고 뭐고 지금은 말이나 잘 들으면 좋겠다고 생각할 것이다. 대부분의 엄마들의 가장 큰 소원은 아이가 짜증 내지 않고, 자기 할 일을 잘하며, 공부를 열심히 했으면 하는 것이다. 엄마도 힘들고 아이도 너무 힘든 이 모든 성장 과정이 곧 지나간다고 생각하면, 마음이 한결 가벼워질 것이다. 그런 뒤 다시 내 아이를 바라보면 생각이 바뀔지도 모른다.

"도대체 커서 뭐가 되려고 이러냐?"라고 말하면서 아이와 서로 다툰 적이 있을지도 모른다. 아이가 커서 뭐가 되는지는 커봐야 안다. 아무리 이야기해봤자 진짜 그렇게 되는지는 그때 가봐야 아는 법이다. 내 아이가 뭐가 될지 아무리 궁금해도 그때가 되어야 알 수 있다. 그때까지는 계속 수수께끼처럼 궁금해하면서 살아가야 한다.

중학생 때까지 공부를 잘했다가 고등학교 때 공부를 멀리해서 대학입시를 망쳐버린 아이들의 이야기를 들어본 적이 있을 것이다. 그런데 반대로 중학교 때까지 거의 공부를 안 하다가 갑자기 고등학교에 가서 엄청 열심히 해서 대학 입시에 성공한 아이들도 있다. '전반전이냐? 후반전이냐?'라고 생각할 수도 있지만, 아이가 대학교에 입학했다고 해서 모두 끝난 것도 아니다. 앞으로 다가올 생각지도 않았던 변수는 무수히 많이 남아 있다.

아이들이 커서 어떤 사람이 될지, 무슨 일을 하면서 살지 궁금한 것은 모든 부모가 다 마찬가지다. 우리 아이가 지금 당장 잘하는 것이 없다고 낙담할 필요도 없고, 공부를 잘한다고 해서 너무 우쭐댈 필요도 없다. 자녀가 좋은 대학에 들어가서 좋아했는데 아이가 갑자기 자퇴를 원하기도 한다. 이것은 전혀 엄마의 계획에 없던 내용일지도 모른다. 이런 변수들은 계속 생기기 마련이다. 대학 졸업 후 좋은 직장에 취업했다고 좋아했지만 몇 달이 채 안 되어서 퇴사를 하기도 한다.

아직은 너무 먼 미래의 이야기를 하고 있다고 생각할지도 모르지만, 이것은 우리 아이에게도 곧 닥쳐올 현실이다. 다 그렇다고 할 순 없지만 어쨌든 너무 당황하지 말라는 것이다. 주변에서 들려오는 이야기를 듣다 보면 어느 정도 마음의 준비는 하고 있어야겠다는 생각이 든다.

나는 아들의 미래를 긍정적으로 생각하기로 했다. 아들에게 늘 좋은 말을 해주고, 격려해주며, 건강하게 잘 자라는 것이 제일 중요하다며 말해줄 것이다. 그리고 '잘될 거야!'라고 마음속으로 생각하기로 했다. 식물을 키울 때 좋은 음악을 들려주면, 그 식물이 더 건강하게 잘 자란다는 이야기를 들어봤을 것이다.

내가 어렸을 때 부모님이 했던 칭찬은 늘 한결같았다.

"우리 아이들은 항상 정직하고 착하다. 그리고 건강이 최고다."
"공부 잘하는 것도 좋지만, 건강이 최고다."

친정 아빠는 다른 사람들에게 우리 삼 남매에 대해서 이렇게 칭찬하시곤 했다. 현명하게도 아빠는 우리의 칭찬거리를 용케 찾으셨고 그렇게 칭찬을 해주셨다. 그때는 아빠가 그냥 하는 말로 생각했는데, 지금은 나도 자식을 키우는 부모가 되고 보니 그 말이 얼마나 중요한지 알게 되었다. 그것은 부모에게도, 아이에게도 좋은 방법이었던 같다. 물론 우리 삼 남매가 만약 공부를 잘했다면 부모님의 칭찬이 달라졌을지도 모른다.

내가 알던 한 사람의 이야기다. 그 사람은 학창 시절 성적이 좋지 않아서 전문대에 진학했고, 졸업 후 컴퓨터 수리점을 오픈했다. 그 당시 가게는 거의 파리를 날리다시피 했다. 그는 안경을 썼는데 커다란 뿔테 안경에 얼핏 보면 어리숙한 사람처럼 보이는 이미지였다. 그런데 시간이 흘러 소문을 들어보니 교육공무원 시험에 합격해 공무원이 되었다고 했다. 역시 사람 일은 알 수가 없다. 더 놀라운 것은 그 뒤로 어마어마한 부동산을 소유한 부자가 되었다고 한다. 이 사람이 이렇게 될지 그 누구도 예상하지 못했다.

지금 내 아이의 그릇 크기가 작은 것 같아서 속상할 수도 있다. 하지만 당연히 지금은 아이가 감당할 수 있는 그릇의 크기가 작을 수밖에 없다. 그 크기가 작다고 해서 속상할 필요도 없다. 너무 어린아이가 큰 그릇을 가지고 있다고 좋아할 일도 아니다. 사람이 감당하기 힘든 일을 하게 되면 문제가 발생한다. 너무 과하면 언젠가 반드시 탈이 나기 마련이다.

부모는 아이에게 되도록 꿈은 크게 꾸고, 오르지 못할 나무일지라도 쳐다볼 수 있는 용기를 갖도록 격려해주는 자세가 필요하다. 부모는 아이가 건강하게 잘 자라고 꿈을 향해갈 수 있도록 긍정의 말을 계속해서 해주면 좋다. 우리 아이가 누리게 될 미래의 모습은 아직은 알 수가 없다. 그래서 우리는 끊임없이 아이가 본인의 그릇 크기를 키울 수 있도록 물을 주며 잘 키워야 한다.

내 아이의 가능성은 무궁무진하다. 그리고 내 아이의 그릇 크기는 측정이 불가능하다. 아이가 우리가 상상할 수도 없는 일을 해낼지 누가 알겠는가? 그 누구도 지금은 알 수가 없다. 그릇을 키워가는 것은 순전히 아이 본인이지만, 그 그릇을 키워나갈 때 힘을 주는 사람은 바로 옆에서 응원하는 부모다. 부모의 긍정의 말은 아이가 그릇의 크기를 키울 수 있도록 하는 좋은 자양분이 될 것이다.

완벽한 부모가 없듯
완벽한 아이는 없다

가끔은 나도 내가 누군지 잘 모르겠는데, 나에게는 챙겨야 할 자식과 남편이 있다. 김국환의 〈타타타〉의 노래 가사처럼 바람이 부는 날에는 바람을 맞으며 살고, 비가 오면 비에 젖어 사는 것이 우리의 평범한 일상이다. 세상에 완벽한 사람은 없고, 누구나 작은 결점 정도는 가지고 살아간다. 살다 보면 비를 맞을 때도 있고, 바람이 불면 강풍에 우산이 날아갈 수도 있다. 추운 겨울에는 예상치 못하게 빙판길에 넘어져 다칠 수도 있다.

"네가 나를 모르는데 난들 너를 알겠느냐
  한 치 앞도 모두 몰라 다 안다면 재미없지
  바람이 부는 날엔 바람으로
  비 오면 비에 젖어 사는 거지
  그런 거지~ 음음음 어 허허~"

모든 일상은 늘 완벽하게 돌아가는 것처럼 보이지만, 예측 불가능한 일들이 계속해서 일어난다. 사람들은 이기적이라 내가 하지 못하는 일을 남에게 시킬 때는 그것을 완벽하게 해내라고 하기도 한다. 그리고 만약 해내지 못하면 그 사람을 비난한다. 정작 본인도 하지 못하면서 상대방에게는 강요하는 이런 모습이 부모와 자녀 사이에서도 나타나면 그것도 문제다. 요즘 아이들이 해내고 있는 공부의 양을 보면 깜짝 놀랄지도 모른다. 공부의 수준도 예전 우리가 했던 것보다 훨씬 높아졌다.

중학교 1학년 아들의 수학 문제는 감히 내가 손을 댈 수 없을 정도로 수준이 높아졌다. 내가 제일 싫어했던 과목이 바로 수학이었는데, 지금은 문제의 수준까지 높아져서 도저히 풀 수가 없다. 수학 과목을 싫어했다는 것은 수학을 못했다는 말이다. 말하기 민망한 이야기지만, 나는 수학 시험을 보면 거의 찍어서 풀었던 문제가 많았던 기억이 난다. 찍었던 문제는 당연히 거의 오답이었다.

이런 내가 과연 아들에게 공부하라고 잔소리할 자격이 있을까 하는 생각이 들 때가 있다. 엄마가 공부를 못했다고 해서 자식까지 못하라는 법은 없지만, 왠지 찔리는 것은 사실이다. 하지만 부모들은 자신의 학창 시절 성적을 아이에게 솔직하게 말하지 않는다. 만약 아이가 물어봐도 잘했다고 대충 둘러대며 빠르게 말을 돌린다. 이것은 부모들이 자녀에게 제일 잘하는 거짓말이나 핑계라고 할 수 있다.

한 TV 예능 프로그램에서 아들이 아빠의 학교 성적이 궁금하다며 함께 아빠의 모교를 찾아갔다. 아빠는 아들에게 본인의 성적에 대해서 거짓말을 했고, 그것을 의심한 아들이 학교에 가보자고 했다. 그 당시 학교 성적은 '수우미양가'로 평가했는데, 요즘 아이들이 그 의미를 알 리가 없었다. 학교 선생님조차 아빠의 체면을 살려주려고 거짓말을 해주었다. 아빠의 성적은 거의 '가'가 대부분이었다. '가'는 최하위 성적을 의미한다. 그런데 아빠와 선생님은 성적이 '가나다라'로 시작한다고 이야기해주며 훈훈하게 마무리했다.

물론 자녀 앞에서 아빠는 완벽한 아빠가 되고 싶었지만, 아빠도 역시 완벽하지 않다. 결국 집에 가서 엄마에게 들키고 말았지만, 아빠는 아들에게 멋진 아빠가 되고 싶었을 것이다. 아이들도 공부를 잘해서 부모에게 칭찬받는 사람이 되고 싶은 마음은 마찬가지다. 그런데 우리는 아이들의 마음을 헤아리지 않고 오히려 왜 더 열심히 안 하냐고 닦달하는 일이 많다.

부모가 닦달한다고 공부가 된다면 공부 못하는 아이는 세상에 한 명도 없을 것이다. 공부로만 아이를 판단한다는 것 자체가 문제는 있지만, 이 시기는 아무래도 공부로 평가를 받을 수밖에 없는 시기다. 아이에게 완벽함을 바라는 부모는 없다. 하지만 아이는 부모가 늘 완벽함을 요구한다고 생각할 수 있다. 거기에서 부모와 자식 간의 오해와 갈등이 시작된다. 엄마는 왜 항상 그러느냐고? 아빠는 왜 항상 그러느냐고? 우리가 뭘 어쨌는데?

부모의 말은 항상 잔소리로 들리고, 아이의 말은 항상 핑계로 들린다. 부모는 아이가 사소한 것을 잘하면 칭찬에 인색하고, 공부를 잘해서 좋은 성적표를 들고 와야 잘했다고 칭찬한다. 이것이 바로 아이들의 불만 아닌 불만이다. 절대적으로 흠이 없이 완전할 때 우리는 완벽하다고 말한다. 100에서 숫자가 하나만 빠져도 100이 될 수가 없다. 완벽한 사람이 되기는 어려운 법이고, 세상에 존재할 수도 없다.

원숭이도 나무에서 떨어지는 법이 있다고 했던가? 제아무리 훌륭한 운동선수도 실수할 때가 있다. 수백 번, 수만 번 넘어지고 엉덩방아를 찧으며 훈련하고 고통스러운 노력 끝에 값진 금메달을 얻게 된다. 하지만 금메달을 딴 선수가 다시 실수를 안 한다는 보장도 없다. 지난번 대회에는 금메달을 땄지만, 이번에는 넘어지는 바람에 메달 색깔이 바뀌어버리기도 한다. 역시 완벽한 사람은 이 세상에 단 한 명도 없다. 날마다 나무를 타는 원숭이도 한눈을 팔면 어쩔 수 없는 것이다.

아이에게 모든 것을 다 잘하라고 말하는 것은 아이에게 완벽함을 강요하는 것과 다를 바가 없다. 금메달이 아니면 안 된다는 목표를 설정하고, 아이에게 강요하고 있지 않은지 돌이켜 볼 필요가 있다.

반드시 들어가야 하는 대학과 학과를 미리 정해놓고 공부하도록 하는 것 역시 지나친 완벽함을 요구하는 것이 아닌가 하는 생각이 든다. 내가 이루지 못한 꿈을 네가 대신 이루어야 한다면서 말이다.

누군가가 만들어놓은 계획을 완벽하게 지키려면 힘이 들고 쉽게 지친다. 그 말은 완벽한 계획표대로 지켜내는 것이 누구에게나 어렵다는 것이다. 아이에게 항상 잔소리하는 엄마는 본인의 자동차 키를 어디에 두었는지 몰라서 한참 동안 찾으면서, 아이에게는 준비물을 잘 안 챙긴다고 말한다. 나 자신도 잘 안 되면서 아이에게는 잘하라고 하면 아이들도 다 안다. 엄마도 맨날 차 키가 어디 있는지 잘못 찾으면서 자기만 혼낸다고 말이다.

내가 내 자녀의 약점을 알고 있듯이 아이도 나의 약점을 너무나 잘 알고 있다. 아이를 키우다 보면 기쁘고 좋은 일만 있을 수 없겠지만, 이러한 커나가는 과정을 즐길 줄 알아야 진정한 부모다. 즐긴다고 하기엔 너무나 힘든 일들이 많겠지만, 이 또한 우리가 즐겨야만 지나갈 수 있는 것이다. '나도 완벽하지 않고, 너도 완벽하지 않다'라는 것을 인정하면 조금은 더 아이들을 사랑의 눈으로 바라볼 수 있지 않을까?

공부가 인생의
전부는 아니다

전 세계를 여행하는 한 여행작가가 남태평양의 아주 작은 섬을 찾아가게 되었다. 그런데 그 섬에 사는 사람들은 걱정이 하나도 없이 행복해 보였다. 그 사람들은 자기가 먹을 물고기를 바다에서 마음껏 잡고 있었다. 그리고 잡은 물고기를 집으로 가지고 가서 가족들과 맛있게 요리해 먹고 쉬는 일상을 반복하며 살아가고 있었다. 그것을 보는 내내 나는 '저렇게 걱정 없이 살면 좋긴 좋겠다'라며 혼잣말로 중얼거렸다. 막상 거기서 계속 살라고 하면 아니라고 할 것 같지만 말이다.

우리는 행복하기 위해 살아가는 존재다. 어려서부터 우리는 '행복하게 잘 살려면 공부를 잘해야 한다'라고 수도 없이 부모님께 들으면서 자랐다. 지금 생각해보면 그 말은 어느 정도는 맞고, 어느 정도는 틀리다. 세상은 점점 변하고 있고, 우리 주변에서도 공부 말고 다른 장르로 얼마든지 성공해서 사는 사람들이 많다. 또 공부를 못한 사람이 공부를 잘한 사람보다 더 잘살고 있는 것도 주변에서 많이 볼 수 있다.

명절이나 집안의 행사가 있을 때면 친척들이 모여 왁자지껄한다. 그런데 어른들은 항상 아이들에게 공부 잘하냐는 말을 한 번도 빠지지 않고 물어본다. 이 말을 들은 순간부터 아이들의 기분은 좋지 않다. 물론 공부를 잘하는 아이들은 신이 나서 잘한다고 하겠지만, 그렇지 않은 아이들은 친척들이 모인 날은 공부 이야기를 하지 않았으면 좋겠다고 생각한다.

나는 집안 행사로 모이면 조카들에게 학교가 재미있냐는 질문을 했으면 했지, 공부를 잘하냐고는 물어보지 않는다. 내가 어릴 때 그렇게 듣기 싫어하던 말이라서 그런지 잘 안 물어보게 된다. '즐겁게 모여서 밥을 먹을 때는 즐거운 이야기만 해야 한다'라고 가훈을 만들어볼까 생각 중이다. 심각한 이야기는 금지하고, 재미있고 즐거운 이야기만 하기로 말이다. 밥이 술술 잘 들어갈 것 같다.

우리가 아이들에게 공부하라고 하는 이유는 뭘까? 당연히 나중에 커서 잘살기 위해서 하라는 것일 것이다. 하지만 공부로만 성공하는 시대는 이미 지났다. 공부 말고도 다양한 분야에서 성공하는 사람들을 보면서도 우리는 아직도 너무 공부에 목을 매고 있다. 우리나라에서 정해놓은 의무교육 과정까지는 잘 마쳐야 하지만, 너무나 공부, 공부할 필요는 없다. 대학을 나오지 않아도 되는 일을 하는 사람은 군이 대학을 가지 않아도 된다. 그런데도 우리는 대학교에 가지 않으면 큰일이 나는 줄 알고 있다.

요즘은 좋은 대학교를 나와도 백수로 집에 있는 사람들도 많다. 좋은 대학만 나오면 모든 것들이 다 탄탄대로로 잘 풀릴 것이라 생각했지만, 세상은 꼭 그렇지만은 않다. 대학을 나온 백수 자녀를 둔 부모는 지금이라도 당장 기술을 배워서 취직하든지, 자격증을 따놓으라며 잔소리를 하기도 한다. 자녀의 꿈과는 별개로 부모의 기대와 본인의 성적으로만 대학교에 들어갔기 때문에 이런 상황이 벌어지기도 한다. 이것이 바로 공부가 전부가 아니라는 증거일 수도 있다. 무작정 의미 없이 공부만 한다고 해서 인생이 풀리는 것은 아니라는 것이다.

평생을 트럭 운전만 하고 가난하게 살던 한 사람이 우연히 영업 사원으로 취직하게 되었고, 본인도 알지 못했던 영업 실력으로 승승장구하게 되었다. 그리고 나중에는 자신의 회사를 차려서 어엿한 사장이 된 사례를 나는 직접 주변에서 봤다. 그리고 자영업을 해서 큰돈을 벌고 남부럽지 않게 사는 사람들도 많이 봤다. 그 사람들 역시 대학교를 나오지 않았다. 물론 단 몇 명의 사례만 가지고 판단할 수는 없지만, 주변에 잘사는 사람들은 공부와는 거리가 멀었다. 그럼에도 여전히 대학교는 나와야지 하는 마음이 드는 것은 부정할 수가 없다. 아이가 대학교에 가지 않으면 뭔가 불안하고 우리 아이만 뒤처진 느낌이 들기 때문에, 어떻게 해서든 내 자녀를 대학교에 보내려고 한다. 학생이 공부하는 이유가 세상의 학문을 배우려고 하는 것보다는 오직 좋은 대학을 가기 위한 하나의 수단이 되어버렸다.

물론 공부를 잘하면 좋은 점이 많다. 일단은 주변에서 칭찬을 많이 받게 되고, 부러움의 대상이 된다. 주변에서 늘 관심의 대상이 되는 일이 자주 생긴다. 나는 너무 평범해서 이런 일이 별로 없었지만, 공부를 잘하는 아이들은 선생님에게도 관심 대상 1호가 된다. 공부를 잘하면 모든 부분에서 다 대우를 받는 듯한 느낌을 받기도 한다. 학교 임원도 대부분 공부를 잘하는 아이가 도맡아서 하고, 전교 회장, 반장, 부반장은 늘 반에서 1등을 하거나 2등을 하는 친구들의 차지였다.

하지만 이렇게 공부를 잘하던 아이들이 사회에 나가면 모두 다 잘할 것 같지만, 그렇지 않다는 것을 우리는 알고 있다. 물론 전문직에 종사해서 잘 살아가고 있는 사람들도 많지만, 그렇게 공부를 열심히 했던 친구들이 다 잘된 것은 아니다. 그렇다고 아이들에게 공부하지 말라고 하는 것은 당연히 아니다. 학생의 본분은 마땅히 열심히 공부하는 것이다. 하지만 그 안에서 다양성을 존중해주고, 지나치게 성적으로만 모든 것을 평가하는 것을 줄여본다면 어떨까.

그러면 아이들도 조금은 더 즐겁게 공부할 수 있을 것 같다.

공부를 잘하면 사회에서 잘될 확률이 더 높은 것은 사실이다. 이 것을 부정한다는 것은 아니지만, 학교 내에서 공부로 인해 너무나 많은 스트레스와 압박을 주는 단점을 외면해서도 안 된다. 모든 학 생이 공부를 좋아하지는 않는다. 심지어 공부를 잘하는 아이도 공 부가 좋아서 하는 아이는 거의 없다.

우리는 청소년들이 성적을 비관하고 자살했다는 뉴스를 종종 볼 수가 있다. 아이들은 공부를 못하면 큰일이 나는 줄 알고, 성적이 떨어졌다는 이유로 그런 가슴 아픈 결정을 하기도 한다. 공부가 인 생의 전부라고 생각하는 그 시기의 아이들은 학교 성적 때문에 삶 을 마감할 정도로 심각한 압박감을 느끼는 것이다.

우리의 아이들이 미래에 펼칠 꿈은 무궁무진하고 거대하다. 엄청 난 사업가가 나올 수도 있고, 발명가가 탄생할 수도 있으며, 세계적 인 가수나 배우가 나올 수도 있다. 사실 지금도 많은 영역에서 자신 을 빛내고 있는 사람들이 많다. 그리고 이것은 꼭 공부를 잘해야만 할 수 있는 것은 절대 아니다.

나는 아들에게 성적이 안 좋다고 너무 낙담하지 말고, 공부 때문 에 스트레스를 받으면 쉬엄쉬엄하라고 이야기한다. 아직은 중학생이지만 고등학생이 되면 더 많은 공부의 양에 압도될지도 모른다고 미리 이야기해주기도 한다. 물론 아들이 공부를 못하는 것은 아니지만, 공부가 하기 싫다는 말을 자주 하곤 한다. 다시 말하지만 공부가 인생의 전부는 아니다. 그러니 즐기면서 공부를 하라고 말하고 싶다. 그래도 아들이 커서 무슨 일을 하며 살아가게 될지 정말 궁금하다.

아이는 오늘도
계속 성장하고 있다

자녀를 키우다 보면 내 아이의 성장과 변화를 잘 느끼지 못한다. '당연히 크고 있겠지' 생각은 하지만, 날마다 크고 있다는 사실은 쉽게 체감되지 않는다. 하지만 오랜만에 만나는 사람들은 우리 아이를 보고 키가 많이 컸다고 한다든지, 어른스러워졌다고 말하기도 한다. 그러면 그제야 '우리 아이가 많이 크고 성장하고 있구나'라고 느낀다.

가장 가까이에서 함께 지내는 사이가 오히려 작은 변화를 더 알아차리지 못할 때가 많다. 그냥 늘 보던 모습이라서 그런가 보다 하고 넘어가는 경우가 많고, 큰 변화가 아니고서는 쉽게 느끼지 못할 때가 많다. 그래서 우리는 아이가 잘 크고 있다는 칭찬은커녕 잔소리만 하고 있는지도 모른다. 가장 느린 생물을 말하라면 달팽이가 떠오른다. 달팽이는 느려서 이쪽에서 저쪽으로 가려면 한참이 걸린다고 생각하지만, 우리의 예상과는 다르게 달팽이는 이미 도착해서

쉬고 있을 수도 있다.

사람들은 느리게 행동하는 사람을 보고 느리다고 지적하는 경우가 많다. 그리고 가장 대표적인 느린 사람을 떠올려보라고 하면 가까이에 함께 사는 우리 아이가 될지도 모른다. 느린 아이의 특징은 엄마가 하라고 하면 그것을 재깍재깍 하는 법이 없다. 엄마의 잔소리가 무한 반복해서 울려야 움직인다는 특징을 가지고 있다. 그러니 엄마의 잔소리 실력만 날로 성장하고 있는 것인지도 모르겠다.

언제부터 아들의 얼굴에 여드름이 나기 시작했다. 여드름이야말로 아들이 성장하고 있다는 가장 알기 쉬운 증거였다. 여드름이 나기 전에는 마냥 어린 꼬마로만 생각했는데 여드름이 나기 시작하니 신기하기도 하고, 벌써 여드름이 난다는 생각에 우리 아들이 크고 있다는 생각이 들었다. 내 발보다 작았던 아들 발이 커져서 이제는 오히려 내가 아들 신발을 물려받아 신게 생겼다. 발가락의 작은 솜털이 까만 털로 변했다. 이상하게 생각할지도 모르지만, 나는 하도 신기해서 발가락에 난 털이 몇 가닥인지 세어보기까지 했다.

변화에는 두 가지가 있다. 첫째는 좋은 변화이고, 둘째는 안 좋은 변화다. 먼저 좋은 변화는 아들이 점점 커가면서 내 손이 덜 간다는 점이다. 아들이 어렸을 때는 하나부터 열까지 엄마인 내 손이 미쳐야 했기에 외출을 하려고 해도 시간이 꽤 걸렸다. 하지만 초등학교 고학년이 지나 중학생이 되니 아들은 자기가 척척 알아서 자기 취향대로 옷을 찾아서 입고 나온다. 이것은 좋은 변화가 확실하다.

아들의 안 좋은 변화는 엄마의 손길을 너무 거부한다는 것이다. 엄마가 너무 관심을 두면 싫어한다는 것이 아들의 변화 중에 가장 큰 변화다. 다른 변화는 잘 느껴지지 않는데, 엄마인 나를 거부하는 것은 너무나 쉽게 느낄 수가 있었다. 내 편이었던 아들이 갑자기 나를 멀리하려고 하니 이것은 체감도가 너무나 크게 느껴졌다. 엄마의 관심 자체를 부담으로 느끼는 아들이 속상하기도 하고 황당하기도 하다.

아들은 지금까지 큰 말썽을 일으켜서 나를 힘들게 한 적이 없다. 그런대로 착하고 엄마 말을 대체로 잘 듣는 평범한 남자아이다. 그러면 잘 크고 있다는 생각이 들다가도 남들 다하는 사춘기의 행동을 하면 또 아닌 것 같기도 했다. 내가 과연 잘 키우고 있는지 알 방법이 없다는 것이 엄마로서 궁금증과 답답함을 느끼게 한다. 만약 어떤 공식이라도 있다면 그 공식에 넣어서 문제를 풀면 될 텐데, 자식을 키우는 데는 공식이 없었다.

옛날 사람들은 나무 아래에 물을 떠놓고 두 손을 비비며 소원을 빌었다. 간절한 마음이 그 어딘가에 닿으면 소원이 이루어지리라는 기대를 안고서 말이다. 소원은 거창한 것이 아닌 가족의 건강과 자식의 성공을 염원하는 것이 대부분이었다. 자식이 잘되기를 바라는 마음은 옛날이나 지금이나 변함이 없고, 동양이나 서양이나 마찬가지다. 그래서 부모는 환갑이 넘은 자식에게도 "차 조심하라"고 걱정하는 것이다.

부모가 다 큰 자식에게 "차 조심하라"고 말하는 것은 여전히 아이에게 사랑의 잔소리 같은 것이 필요하다고 생각하는 것인지 모른다. 이것을 두 글자로 말하면 '사랑'과 '관심'이다. 이런 부모의 마음을 몰라주는 자식은 잔소리, 또는 지나친 참견이라고 생각한다. 다 알아서 할 텐데 맨날 똑같은 말을 말한다며 귀찮게 생각한다.

씨앗을 뿌리고 싹이 나기를 기다리는 농부는 열심히 물을 주고 약도 뿌려준다. 그리고 주변의 잡초도 잘 제거해준다. 그렇다고 농부가 그 씨앗 옆에서 잠을 자지는 않는다. 그 말은 어느 정도 관심을 준 뒤 스스로 잘 자라기를 말없이 지켜봐준다는 것이다. 시도 때도 없이 싹이 나왔는지 보거나, 땅을 뒤적거리는 일은 하지 않는다. 농부에게는 씨앗이 잘 자랄 것이라는 믿음이 있는 것이다.

아침 일찍 스스로 일어나 씻고, 가방을 챙기며, 교복을 입고, 아침밥을 먹은 뒤에 학교에 가는 것은 학생이라면 당연한 일이다. 하지만 한편으로는 대견하기도 하다. 평범한 일상인 것처럼 보이지만 이것은 엄청난 성장이고 잘하고 있다는 증거이기도 하다. 원래 평범하게 살아가는 것이 가장 어렵고 위대한 것일 수 있다. 어쩌면 누군가에게는 이 평범한 일상이 너무나 어려울 수도 있다. 우리는 평범한 일상이 누구에게나 당연하다고 생각하기 때문에 대단하다고 생각하지 못하는 것이다.

다른 집 아이들은 다 잘하고 있는 것처럼 보이는데, 우리 아이는 늘 제자리인 것처럼 생각하는 부모들이 있다. 다른 집 아이들은 키도 쑥쑥 크는데, 우리 아이는 빨리 크지 않는 것 같아 속상해하며 키가 크는 주사를 아이에게 맞히기도 한다. 우리 아이도 다른 집 아이들이 하는 만큼은 다 잘했으면 하는 것이 부모의 마음이다. 사실 부모는 다른 집 아이보다 우리 아이가 뭐든지 더 잘했으면 한다.

내 아이는 지금 무럭무럭 잘 자라고 있다고 믿는 것이 나에게도 좋고 아이에게도 좋다. 나는 씨앗을 심은 농부의 마음으로 우리 아이를 지켜볼 것이다. 귀찮게 하지 않고 적당한 관심과 좋은 관계를 유지하면서 싹이 나오기를 편하게 기다릴 것이다. 어린 씨앗을 귀찮게 괴롭히지 않을 것이다. 우리가 심은 씨앗은 연약하고 예민하기 때문에 스트레스를 받으면 씨앗이 제대로 잘 자라지 않을지도 모른다.

오늘 아침에도 여전히 아들은 잘 일어나서 씻고, 가방을 챙기며,

교복을 입고, 밥까지 먹고 학교에 갔다. 오늘도 아들은 대단한 일을 한 것이다. 이 평범함에 감사한다. 아들의 하루는 지극히 평범하지만, 이 평범한 하루 속에서 행복을 느끼며 성장하기를 바란다. 가랑비에 옷이 젖듯 사소한 작은 것을 하나씩 해나가면서 성장하는 아들의 모습을 엄마는 오늘도 여전히 응원한다. 이따가 학원에 가는 것 잊지 않았겠지? 아들!

아이를 믿어주는 것이
최고의 교육이다

자녀를 올바르게 가르칠 수 있는 최고의 방법은 무엇일까? 부모라면 누구나 고민하지 않을 수 없는 중요한 문제다. 무조건 잘한다고 칭찬하는 것도 바람직하지 않고, 물론 무조건 혼을 낸다는 것도 말이 되지 않는다. 무엇이 정답인지 고민해봐도 결론은 늘 하나다. 그것은 바로 어떻게 하는 것이 잘하는 것인지 잘 모르겠다는 것이다. 그래서 어쩔 수 없이 여기저기 자녀 교육에 관한 정보를 기웃거리며 수집할 수밖에 없다. 다른 집 이야기도 겸사겸사 들어보면서 말이다.

자녀와 좋은 관계를 유지하는 집은 엄마가 아이에게 큰소리를 치지 않는다. 아이가 말을 잘 들어서 큰소리가 나지 않는 것은 절대 아니다. 세상에 말을 잘 듣는 아이는 드물다. 아니 없을 수도 있다. 말을 잘 들으면 아이가 아니다. 말을 잘 안 듣는 것이 당연하다. 우리는 이 당연한 것을 거부하고 말을 잘 듣는 아이로 바꾸려고 하다

보니 큰소리가 날 수밖에 없는 것이다. 특히 중학교 2학년 남자아이는 더 그렇다.

요즘 중2는 내가 중2 때와는 전혀 다른 세상의 아이들 같다. 사실 비교 대상을 나로 두기에는 시간의 갭이 너무 크지만, 내 기준으로 보자면 정말 요즘 아이들은 다루기 힘들다. 이제 겨우 아들 하나 키우는 엄마가 뭘 안다고 그러냐고 아직 멀었다고 하겠지만, 지금 나는 한 명도 너무 힘들다. 아이와 신경전을 벌이고 나면 몹시 피곤해진다. 지금은 자식을 두 명 이상 키우는 엄마들이 존경스러울 뿐이다.

내 자녀를 믿고 싶지 않은 부모는 없다. 하지만 아이는 부모의 기대를 저버리고, 너무나 쉽게 실망을 안겨주기도 한다. 우리는 속이 상하고 쓰리지만 한 번 더 기회를 주기로 하고 넘어간다.

아이들은 지키지 못할 약속도 아무렇지도 않게 하곤 한다. 처음에는 나도 한 치의 의심 없이 믿었지만, 그 약속은 너무나 쉽게 깨졌다. 나는 오늘도 사소한 문제로 아이와 말다툼을 하고 있다. 아들은 게임을 하는 시간을 정했음에도 불구하고 제대로 지킨 적이 없다. 그런데 어디 게임뿐이겠는가? 일방적인 아이의 저항에 말문이 막혀서 혈압이 올라가려고 하면, 어느새 방문을 닫고 이기적인 휴전에 들어간다. 이것은 완전히 '38선'이 아니라 '문팔선'이라고 해야 할지도 모르겠다.

자기 방으로 들어가버리면 그만인 아이와 실랑이하는 것도 익숙해질 만한데, 여전히 불편하고 속상하다. 늘 엄마인 내가 '문팔선'에 노크하고, 낮은 자세로 들어가 대화를 시도하는 신세다. 긴 대화는 꿈도 못 꾼다. 용건만 간단하게 말하고 끝내야 한다. 대화가 길어지면 왠지 나만 불리해지는 느낌이 든다. 무슨 말만 하면 모두 다 엄마 탓으로 돌리려고 하는 아들의 저항이 속상하기만 하다.

나는 언제나 내 아이에게 좋은 엄마이자 친구 같은 엄마가 되기를 소망한다. 이런 엄마의 마음을 알기나 하는지 여전히 까칠한 아들이다. 그래도 요즘은 아들이 조금 상냥해진 느낌이 들기도 한다. 얼마나 감사한 일인지 모른다. 물론 언제 다시 날카롭게 쏘아댈지 모르니 항상 긴장을 늦춰서는 안 된다. 왠지 웃음이 나온다. 어쩌다 이렇게 되었는지 모르겠다.

성적으로 아이의 가치가 평가되는 세상이다. 그것을 가지고 뭐라고 할 수는 없다. 하지만 내 아이의 가치를 가장 높게 평가해줄 수 있는 사람은 부모 이외에는 없다. 내 아이의 숨겨진 잠재력을 찾아줄 사람도, 우리 아이를 높게 평가해줄 수 있는 사람도 당연히 엄마, 아빠다.

내가 어린 시절 친정 아빠가 나에게 했던 칭찬을 잊지 않았던 것은 단순히 나를 착하다고 칭찬해서가 아니었다. 그것은 바로 공부와는 상관없이 나를 사랑하고 소중하게 여긴다고 느꼈기 때문이었다. 그래서 그 기억이 오랫동안 저장된 것 같다. 진심은 통하는 법이기에 이런 칭찬은 훌륭한 밑거름이 되어 행복하게 자랄 수 있었다. 공부 이외에도 인정받고 칭찬받은 기억을 아이에게 주는 것은 정말 중요하다. 칭찬의 힘은 시공간을 초월해 위력을 발휘한다.

내 아이의 미래는 찬란할 것이라고 확신하며 아이를 바라보면 서로 싸울 일도 없고, 잔소리할 일도 없을 것이다. 우리는 아이의 미래를 미리 볼 수는 없다. 하지만 미리 훌륭한 아이의 미래를 상상하고 확신할 수는 있다. 그러면 지금 잠깐 말 안 듣는 것은 얼마든지 귀엽게 봐주고 넘어갈 수 있다. 지금은 아무리 속이 상하고 미워도 말이다.

'이게 과연 가능할까?' 생각하며 말도 안 된다고 할지 모르겠지만, 이런 상상은 부모만이 할 수 있는 유일한 영역이자 사랑이다. 남들은 비웃을지도 모르지만 그것은 다른 사람의 생각이다. 말도 안 듣고 말썽만 피우는 아이를 남들은 문제라고 볼 수도 있지만, 부모인 나는 우리 아이를 믿으면 되는 것이다. 지금 하는 아이의 모든 행동은 성장하는 과정에 불과하다. 이 시간이 지나면 언제 그랬냐며 하나의 추억이 될 것이기 때문이다.

엄마들은 종종 아이의 어린 시절이 그립다는 말을 하곤 한다. 우리 아이가 너무 빨리 커버려서 아이의 어렸을 때 모습이 자꾸 생각 난다고 말이다. 그리고 '그때 더 잘해줄걸!' 하고 후회하기도 한다. 하지만 지금도 늦지 않았다. 지금부터 잘해주면 된다. 우리 아이를 믿어주면 된다. '넌 분명 잘될 사람'이라고.

오늘도 나는 아들을 위해 맛있는 아침을 준비한다. 특별히 소고기 반찬으로 준비했다.

"이 세상에 나의 아들로 태어나서 고맙고, 네가 행복한 하루하루를 보내기를 늘 소망하는 엄마랑 사이좋게 지내자. 우리 아들은 까칠하지만 참 착하다. 건강하게만 잘 자라다오. 아들! 오늘 학교 가기 참 좋은 날씨네!"

다시 아들을 키운다면

제1판 1쇄 | 2022년 10월 19일

지은이 | 채수현
펴낸이 | 오형규
펴낸곳 | 한국경제신문*i*
기획제작 | (주)두드림미디어
책임편집 | 최윤경, 배성분   디자인 | 얼앤똘비악earl_tolbiac@naver.com

주소 | 서울특별시 중구 청파로 463
기획출판팀 | 02-333-3577
E-mail | dodreamedia@naver.com(원고 투고 및 출판 관련 문의)
등록 | 제 2-315(1967. 5. 15)

ISBN 978-89-475-4846-5 (03810)

**책 내용에 관한 궁금증은 표지 앞날개에 있는 저자의 이메일이나
저자의 각종 SNS 연락처로 문의해주시길 바랍니다.**